JN092676

詩の立会人

大野新　随筆選集

詩の立会人　大野新 随筆選集

目次

Ⅰ　人生の感懐

Ⅱ　名所旧跡行

Ⅲ　文学をめぐって

編集覚書

・本書は、『大野新全詩集』（砂子屋書房、平成二十三・六・二十）編集の際に企画され、詩人の歿後十年を期して刊行されるに至った、大野新初の随筆選集である。
・編集においては、大野らしい個性の発現された、また比較的肩の力を抜いた筆致による随筆の選出を心がけた。追悼・紀行文の類は採り、評論・書評・同人詩誌などの時評は割愛した。
・底本はまず大野の単著『沙漠の椅子』『現代詩文庫　大野新詩集』を含めた初収本とし、未刊行の文章は初出誌紙に拠った。
・標題なり刊本を示す「　」『　』、年齢を記す際の「才」「歳」、また数詞や固有名詞等における表記の不統一はそのままとした。
・本文のうち詩文の引用箇所は全体に二マス下げとし、韻文のみ前後を一行空けとした。「／」で区切られた詩は改行して表記した。ただし「　」〈　〉で括られた場合はその限りではない。
・ルビは、韻文以外は現代仮名遣いで付した。底本の表記のほか、読みやすさに配慮して人名などにも適宜付した。なお、たとえば「語彙（い）」のような新聞にみられるルビは「語彙《ごい》」と一単語にわたって施した。
・本文中、明らかな誤植箇所は訂正ないし「ママ」を付しておいた。
・底本には、今日からみれば不適切と思われる表現が用いられた箇所もあるが、故人の作品であること、時代背景等を考慮し、原典通り収載した。

Ⅰ　人生の感懐

水と魂 より

水はなぜ詩人の魂に近いのだろう。海や川や湖は、なぜ詩人の最初の、そして最後の郷愁になるのだろう。（中略）

私は昭和二十三年の夏、野洲川で泳いでいて、突然かっ血《けつ》した。血は水のなかにおちると急にスローモーションになって、弁のながい水中花をひらいた。以来七年寝たが、あの時の戦リツは必ずしも恐怖の戦リツではなかった。あの時私ははじめて魂で水をみた。

落書き

一病棟から三人程一度に退院して行って、その際壁際のベッドが空になったので、私は早速荷物をまとめ、その後に陣どることにした。片側がしらじらと何の変哲もない壁であるということは、自分の考えを固型《ママ》するための必須の条件であるような気がする。或いは意識を平常に保つための最善の拠所であるとも言えるかも知れない。難かしい言葉を並べてとやかくと壁に対する神経反応を書くのはナンセンスだろう。結局、気持が落着く、と、それだけのことだ。

ベッドに落着いてしみじみと壁を眺めまわす。すると壁がまっすぐ向うに倒れて新しい部屋が張りだしてくる、などとホフマンの小説のような幻覚は起らないが、でもどこかに落書あたりは見つかるものだ。落書などとは馬鹿に他愛ないかも知れないけれど、でも私にとってはこの誰が書いたか判らない徒然の文字が意外に空想をかもしだしてくれることがある。ベッドに横たわって丁度手をさしのべた位置に、それも手の及ぶ半円のかたちで横文字が並んでいた。madness（狂気）、madman（狂人《キチガイ》）、それに no less than などという熟語も書いてある。読んだとたんに撥音の多い言葉だなと考えた。m音、n音が頭のなかでぴんぴん撥《は》ねてる感じだ。小《こ》人《びと》がガラスの靴をはいて頭のうちら側でタップダンスをやってるような、感覚的な音感構成をもっている。しかし、この狂燥な音感とは別に、この文字を書いた人の心は意外に静かなのではなかったろうかとは確かに思えるのだ。静かというよりはむしろ遊んでるこころというべきかも知れない。

堀辰雄が立原道造を追憶した文のなかに、道造の落書が辰雄の住んでる部屋の壁に残されていたという所があったが、その落書は'Wenn ich wäre ein Vogel!'（僕が鳥だったらなあ！）という言葉だった。これは如何にも道造らしい言葉だが、言葉のいきいきした感じとは別に、道造の倦んだような顔つきしか思い浮ばないのは、これも落書という場の所産だからだろうか。

今落書を訳しながら気がついたことだが、これを外国語でなく日本語で書いたものだったらどんな感じがするだろう。僕が鳥だったらなあ、などという言葉など甘すぎてとても書けたものではないかも知れない。感じがあまりにも直接《じか》だったからだ。「きちがい」などとi音の強いきりきりする言葉など、とても平静な頭では書けないだろう。ドイツ語で書かれてみるといかにも童話風《メルヘンリッヒ》に見える道造の言葉だから妙だが、然し、僕が鳥だったらなあという日本語をドイツ人が翻訳しながら読んだとすれば同様にメルヘンリッヒであったかも知れない。問題は記号のやさしさだけだ。

二三日前、ぼんやり天床をながめていたら、ふっと思いつきのように考えが小さくまとまって詩になった。

人の詩を読んでると
私は何だかがらんどうの空間を馳《か》けてるような気持になる

ところががらんどうのような夜中に目醒めていると　逆に
私の頭は詩句で一ぱいになる

頭のなかにも壁のような無意味な面積があって不用意な時に落書されているのかも知れないと思うのだ。

声

自然がその人の崩壊の危機感においてこそ、はじめて鮮烈に美しい、ということは、別に三島由紀夫にかぎったことではない。私が川の水の澄明な青さを戦慄的な思いで知ったのは、昭和二十三年の夏、当時はまだとびこめるだけのたまりがそここにある野洲川に泳ぎに行った時のことであった。

とびこんでひとかきした水のなかで、突然私は喀血《かっけつ》したのである。血は私の胸のおくのくらい洞窟を鳴らして噴出し、水面におちたところから、水中花の、非常に緩慢な伸縮のほそい花弁となりつつ沈んでいった。その血の色をさらに煽情的にする水の青さをみているうちに、私は、自分が臓のように立っている寒さに気づいたのである。朝鮮からの引揚者としての貧窮生活のなかから、食塩や甘味剤などの闇屋のバイトで、辛うじて学資をつくり、旧制高校から大学へ進学したばかりの夏であった。

その後の大喀血のあと、私は生活保護法の適用をうけることができて、国立療養所紫香楽《しがらき》園に入所することを許された。翌年の二月のことで、私は自分の憔悴を垂直のまましずかに搬《はこ》ぶ思いで、草津線貴生川《きぶかわ》駅から信楽線にのりかえて雲井《くもい》駅におりたった。見はらしがいちめんの雪で、いまだに私のまなぞこにある自然は、夏の日の水の青さとこの日のいちめんの白さである。私に添う母は、きしきしとかたい雪を下駄の歯のあいだに籠らせてはよろめいた。田のなかのながい一本道をつっきって、ひとつの橋を渡る。そこで水のない白砂の川床から松原の尋常ならざる景観にあっとかわる歓喜は、ながいあいだ私の死装束になった。私はその瞬間から「死」をモチーフにしたさまざまな劇のしくまれた療養所に六年とどまることになった。しかしどれほど衝撃的な環境であろうと、それが環境であるかぎり、私たちは次第に麻痺的な経過を辿って、慰留されるべき環境にかえていくものである。すべて最初の衝撃こそが私たちにとっては新しい。石原吉郎《よしろう》流の願いでいえば、ein lebendich lebender Mensch, どのようにしても生き生きと生きつづける人間でありつづけるためには、凡庸な人間には絶えず最初の驚きとその意味を問いつづけることとしかない。頽廃ですら、はじめの目には、自分にとっての何かである。

入所以来、人は毎日のように死んだ。死体は解剖・縫合されたのちに座棺に入れられ、軍隊毛布につつまれて裏門から出る。葬送の曲がマイクから流れ、歩ける人がわらわらとでてきて合掌した。こういう風景は、もう今の療養所には見られない。小使さんの曳くリヤカーの重い足どりはくりかえしくりかえし私のまなかいを去り、それは「雲井《くもい》」という駅名や近在の「牧《まき》」「宮町《みやまち》」「勅旨《ちょくし》」「黄瀬《きのせ》」などという明るい王朝的な地名とも、ひどくそぐわなかった。

だが聖武天皇の時代に人々はこの松原のたたずまいのように平穏であっただろうか。地霊というものがあるならば、千二百余年も前の地名をそのままに伝えるこの土地の呻吟《しんぎん》を伝えるであろうが、紫香楽宮などという離宮名の楽天的な優雅さとはかけ離れたことを歴史は伝えている。天災による飢饉、天然痘の蔓延、盗賊の跋扈《ばっこ》、妖言の流布などと古代の凶事を列挙する手軽さよりも、たとえば天然痘一つの恐怖を考えてみてもいい。当時権威を誇っていた藤原武智《むち》麻呂《まろ》・藤原房前《ふささき》・藤原宇合《うまかい》・藤原麻呂《まろ》ら藤原四卿をはじめ政界要人をまたたくまに倒し、橘諸兄《たちばなのもろえ》を進出させるという政変をすっとやってのけている。宇合の子、藤原広嗣《ひろつぐ》の乱（七四〇年）後の僅《わず》か五年間ながら、専制君主聖武天皇の、奇怪というほかはない行動のなかで紫香楽宮があらわれてくるのだが、平城京の放棄と恭仁《くに》宮への遷都、さらに難波への遷都、一時は離宮である紫香楽宮に執してこの地へも遷都という記録をみたり、紫香楽の甲賀寺で大仏造立の開始その中絶などを聞いたりすると、天皇の恣意《しい》もさることながら、このたえざる新京の守衛・造営のための大規模な衛士役了の徴発は想像にあまるものがある。最後に怪火の頻発と大地震の脅威で天皇は紫香楽を払って平城京にもどるのだが、またたくまの擾乱《じょうらん》をしんと消している土地の凄みというものは、やはり地霊といっていいようである。

それにしてもあの頃はよく死んだ。ストレプトマイシンのない時代、気胸の時代、肺外科手術の実験時代。重症者で満床の時代。私の並びの患者などは、廻診の園長がフィルムを日にかざすなり「Zu spät!」（手おくれだ）といわれたものである。

こういう頽廃のなかで私はしばしば死を見ようとしていた。時には膝関節をへしおられて座棺におさまる死者の死ではない。遠からず来る死を懐胎して生きている人間そのもののいわば生きざまといってもいい。それは今でははっきり借上の沙汰だと思う。私は知りあった男が夕方から女病棟にでかけるのについて死期まぢかいその男の恋人を見に行ったことがある。

聖武天皇のすこし前の白鳳末期の政庁の官人は、続《しょく》日本紀《ぎ》で、「男女別なく昼夜相会す」ととらえられている。万葉の風流士の風俗を療養所の色恋になぞらえる気持は毛頭ないし、欲情氾濫はけっして風流化する気配もなかったが、今から考えてみると、その当時の「男女別なく昼夜相会」していた状態は、何となく切なさにおいて救われていたような気がする。

その男の恋人は全葉陥落前のフイゴのような息をしながら、たいした消耗もなく結構女っぽいからだをしていた。胃腸がしたたかで喀血しにくい肺病患者に時々あるタイプである。呼吸と声とを調節しにくいので、話しづらそうに、それでも見舞ってもらった礼をのべるのが楽しい様子であった。せっぱつまった死から解放されてしまっていて、華やかな死につつある身体であった。一度しか逢《あ》えなかったその女性の細密な記憶は一切ないが、花冠のような面輪のなかからひびいている呼吸音だけは今でも聞える。

男はその夜私のもとに来てささやいた。

「おれな、夜なかに彼女の床でねよう思うねん。ねてくれいわれてな」

「隣のひとは?」

「ふとんかぶっててもらうわ。あいつも、もういち両日やさかいな」

三日目に女はなくなった。葬送の曲がながれる廊下を私は男とならんで歩きながら、男のポツンと語る言葉を聞いたのである。

「おれがいれた時、あいつアツイって言いよってな」

いまでも時々そのアツイという言葉が私に甦ってくる。女のからだはすでに平熱保持を許さぬ状態だったのだろうか。いやむしろ高熱持続の状態だとしか思われぬ。あのアツイという叫びは、精神が希求している最後の声だったのだ。男のからだのむこうになにかを呼び求める声だったのではないか。

ある「旅」

私のなかには、なにか決定的に〈旅〉に対応できるものが欠落している、と思うことがある。それは、いわば詩人が生来、いや応なくもってしまう飢餓感の根拠のようなもの、一所定住の安心を内から破ってしまう魔のようなものにちがいない。一所定住を安心と思ったことは、一度もないけれども、均衡をうしなって、鉄砲水のように、おのれも他人も破砕しながら、一気に定住をぶち破ったことは私にはない。学生時代は別として、長い療養生活以後の私は、職業にせよ、住居にせよ、かりそめの形をかりそめの思いのまま保ちながら、十数年を経てきた。このかりそめのこころを漂泊と呼ぶのは強弁《きょうべん》だろう。そういう根のところで、私は詩人ではない。

石原吉郎氏の「望郷と海」のどこかに、ラーゲリに収容されるまでのいくつかの強制に従ったあとでは、人はもう自殺しようとはしなくなるものだ、という内容の文があったように思う。〈実は、今、ぱらぱらとめくってみて、該当される文にぶつからないのに当惑した。私には、ながい間、その言葉が灼きついていたのに。多分いくつかの個所が、私のなかで滝壺になっているのだ。〉その内容は、私のなかでは、きびしい喩《ゆ》になっている。もちろん、この場合、〈自殺〉という概念は、〈旅〉という概念と同じく、精神のアクテイヴィテイに対応するものであって、一つの例題であるが。

私は、南朝鮮の群山《クンサン》という港町で生れ、終戦の年にその地の中学校を卒業した。それから三十年すぎている。その同級会が、この四月に広島でひらかれ、二十人ばかり集った。そのなかに、私と同様、長い結核の病から辛うじて脱出した男がいて、宴《うたげ》のおわるころ、私の詩を読みたいんだが、と話しかけてきた。酔ったあげくのほそぼそした話のなかで、彼はふとなにげなくいった。

「ぼくは、いつか、釜山から群山まで歩いていくよ。」

「乞食行脚《あんぎゃ》か?」

「……うん。」

妓生の話もでた会場で、私はこの、石川県江沼郡山中町こおろぎ町に住み、近くの旅館に勤めているという男をあらためて見なおす思いであった。瘦せて目ばかり大きいところも中学生のままの、この無口な男の一言に不意をうたれたのである。

なぜ——なんのために——という問いはさしひかえた。南鮮とはいえ、私たちはあの時点でいろんな運命に遭遇している。いまは岩国で医者をしている男が、横で黙って聞いていたが、彼の父親は、その時、農協の理事をしていたため、多数の朝鮮人組合員につきあげられて、覚悟の青酸カリ自殺をした。私はたまたま、おぶられて、けいれんしながら搬《はこ》ばれる姿を目撃している。この友人のおさな姿が、医院いっぱいにひびかせた叫喚の背なかも。

なぜ――なんのために――という問いはさしひかえたが、私にはいまだにその一言が気になっている。中学五年生、彼は病気で留年しているものの、たかだか十七・八才。愛国心を吹きこまれただけで贖罪《しょくざい》にかられる程の行為を演じたとは思えない。彼が洩らしたことは、ずうっと貧しくて、いまも貧しいという言葉と、療養中は唐詩を読んでいたということだけである。「乞食行脚か?」という失礼な質問は、その言葉に直結するが、彼の思想の幅がわかったわけではない。ただ彼の低い語調から、この男の〈旅〉への衝迫を感じとったにすぎない。

彼のみはてぬ〈旅〉へのおもいは、その勤務先の旅館に泊る旅人の〈旅〉と、どれほどかけはなれていることだろう。彼が表現力をもたないとすれば、そのカタルシスに代置されるものはなにか。〈旅〉とは〈登山〉のように一種の危険性を賭ければおわるものなのか。

そんな思いを抱いたまま、翌日は皆とわかれて、ふいに未見の杉本春生氏を訪ねたくなった。中国やら、東京やら、行く先々で高熱を発して気管支炎に倒される危険なこの評論家は、夫人に支えられて岩国市まで来てくださった。ビルの八階の中華料理店でお話ししたことは、金子光晴氏と石原吉郎氏のことだ。杉本氏には、すぐれた金子光晴論があるが、おたがいに会いたがっていて、その直前に、一度は杉本氏が、一度は金子氏が、ひどい熱や血圧で倒れてしまって果せなかったことなどを話される氏の、乏しい肺活量のあえぎなどを感じていると、私の〈旅〉とは、腹皮をすり切って産卵しようとしている鮭に、精液をおっかぶせようとひたすら追っている別の鮭のような気がしてきた。危機的な生きざまや思想との擦過が、ふいに私の〈旅〉として顕つ！

八階からのみおろしに、春の錦帯橋がかかっていた。その橋をわたって、何があるとも思えないままに、私はぼんやりと望遠していたのだが。

八月十五日前後

その年の四月、私は高知高等学校の入試に合格していた。前に陸軍士官学校を受験して、胸をやられていることを知り、療養なかばの中学校生活を送っていたので、その合格はひどくうれしかった。私は朝鮮（韓国）の群山府という町で生まれ、当地の中学校を卒業したのだが、戦局は険しく、朝鮮における中学生の内地（私たちは常にそう呼んでいた）の上級校への受験は、その年はじめて一括して京城で行われたのだった。玄海灘は浮遊機雷の危険があって、めったに渡航できなかったのである。

思えば暗愚で単純な、お仕着せ通りの愛国少年にすぎなかった。過激な二十代の配属将校は、ある朝、朝礼で校長の訓辞が行なわれている最中におくれてきたかと思うと、傍若無人に私たちの隊列を指さし、

「その組、列に乱れがある。駈足《かけあし》前進！」

と呼ばわって、二歩間隔、縦横のゆとりをとらせると、拳でひとりずつ四十数人をなぐりつづけた。若僧に無視された校長は、直立しているばかりであったが、その権力の乱入は、百の説法よりも極めて単純に私たちをおびえさせた。

そう、極めて単純に、愛国の秩序の形式は私たちを支配したのであった。上級生の権力は、即鉄拳支配であり、めったな反乱もなかった。朝鮮人の下級生を選んでなぐる者もいた。

入学許可は得たものの、内地への渡航はできなかった。私たちは釜山からひき返し、八月十五日までの、無為の安逸を楽しむことになった。その無為が私に読書をさそった。私は物置に積んであった、いわゆる円本とよばれる日本文学全集を乱読しはじめたが、その頃どう工面をつけたのか、内地の高校や大学予科に入学していた上級生たちの帰省があいついだ。その何人かは、私たちに日本の敗北を予言し、疑いようもなかった愛国の秩序にひびをいれはじめた。

それに呼応するように、鉄拳支配の青白い長身の陸軍少尉は、かねてから、血を喀《は》きながら、夜行軍などを指揮していたのだが、陸軍病院で死んだと聞かされた。

「わしは、精神力でなおす。」

と豪語していた精神力はあっけなく倒れた。その頃、福岡高校にいた先輩が、

「ひとがひとをなぐるなんて、誰にも許されていないよ。」

と呟《つぶや》いた一言なども、私には、衝撃的な思想に思えた。

八月十五日はこういう予感のなかでやってきた。

私の家は写真屋であった。父は目抜きの通りのかどに、二・三階をぶちぬいたスタジオをもつりっぱな写真館を建て、隣にゆったりした空地を所有していた。朝鮮人の使用人も数人いた。面する通りは、群山神社に達し、明治天皇が祭られていた。こういう繁華街には、朝鮮人の使用者はいても、朝鮮人の居住者はいなかった。そのことの意味に、私は無自覚であった。終戦後のいくつかの忘れがたい事件は、すべてこの愚純な無自覚な存在の恥辱をゆさぶっている。

同級生ふたりと道を歩いていた時、朝鮮人の下級生にとりまかれたことがあった。三人のなかのひとりが、露路《ろじ》に連行された。

「大野さんは、のいていてください。」

と私は除外された。別のひとりは制裁ずみであった。

「君が私たちにしてくれたとおりの返礼をする。両脚をひらいて、奥歯をかみしめろ。」

Mは黙ってひとりずつの殴打に耐えた。頬が目前ではれあがった。その音はいまでも私のなかで鳴っている。解消されないままに。

別の日、偶然目撃したのは、Mの父がケイレンしながら、朝鮮人の肩に負われて病院にはこばれた姿である。農協の理事であったMの父は、組合員につきあげられている最中に青酸カリを飲んだのであった。

昨年の夏、私は釜山の詩人にであった。この未知の詩人は、私の詩集を読んでいて、あいにきてくれたのだった。話の最中に、ふいに脈絡なく私は涙に襲われた。

私の家は米軍に没収された。台所の皿の数まで記された書類を渡されて、私たちは近所の家に同居させてもらった。十一月の引揚げまで、二か月位であっただろう。書類は反古《ほご》に終って、所有そのものの意味は解消されたが、そこで解消されなかったものを、その後のながい結核での病患のあと、生きのびたためにもちこした。

十一月遡行

ニシムクサムライは小の月、というどんじりの十一月は、なにか性急な、ことの終りを一層はやめたくなるような、紅葉がかっと煮つまるような、そんな思いがする。文化祭、文学祭、さまざまな叙勲、菊人形等々、めでたずくめで、はっしはっしと手を打っておいて師走へ追いこもうというような習慣が、いつのまにか強制させられてあるのかもしれない。

凋落《ちょうらく》のまえの錦繍《きんしゅう》のかがやきは、ひそかな場所でいつも美しいが、十一月といえば、ひとそれぞれに、心をえぐられるような記憶があるように思えてならない。

私自身の十一月の頑固な記憶は、終戦後、いまの韓国からの引き揚げであった。中学校（五年制）を卒業した年ごろである。からだに背負い、手にもてるだけの財産を許され、貨車ではこばれた。米軍のMPにせきたてられながら歩いた、釜山の埠頭までのながい距離。荷物のひとつひとつを惜しみながら捨て、小・中学生の弟たち、父母、祖母、祖母の背の妹の泣きわめく声といっしょに歩いていった。

それでも日本は美しかった。赤土のはげ山や黄濁した鏡江の下流をみて育った私には、近江の田舎村に辿りつくまでの車窓の風景を詠嘆しつづけていたような気がする。玄界灘での船酔いと荷物の盗難にあったこととでうちひしがれながら、消極的な運命への予感にふるえながら、敗れた母国の晩秋のなかを、何度も停車をかさねては通っていった。

村には小さな川が田をめぐっていたるところにあり、水はすきとおって空気をひきしめていた。夏には蛍がとびかうという村で、私たちは近江富士をみあげていた。かすかな縁をたよりのその村をたずねるより、行きどころはなかったのだった。

引き揚げたあと、父は胃潰瘍で、私は結核でながわずらいをした。母は看病に疲れて、何度か脳溢血で倒れ、私たちが癒えたあと、中風で寝たっきりになって死んだ。引き揚げ者用に建てられた町営住宅に移り住んでいた。

私は生活保護法の適用をうけて国立の療養所にはいることができたが、聖武天皇の紫香楽宮趾のある雲井村にその施設があった。五十人の大部屋から六人部屋、二人部屋と衰えていく過程を、月に一・二度かた足をひくようになった身体で母はたずねてくれた。庭で飼った鶏の卵や肉などが土産であった。一般に飢えていた時代である。母は私の爪の半月形をみて、いっこうに小さくならないのに気をよくしていた。血便がつづいて開腹手術をしたのも十一月。私はながらく詩に関心がありながら、花の名を知らず、風流心に乏しいのだが、危機の状態ではいつも自然が美しく見えるのだった。療養所のうらに自生するやまはぎや笔龍胆《りんどう》など療友が採ってきてくれた花のいろなど切実なこの世の形見に思えた。

母

指の爪に
のぼる白い月をみに
死んだ母がはいってくる
そして私のいっぽんの指がひかるのだ
指を垂直にたてて
深夜
梁《はり》をあげたばかりの
建てかけの家を
くぐってあるく
母よ
いまは
干潟だ

水もしろい烏賊もひいて
遠い月のものだ
あの月のさらにかすかな反照として
透いた家のなかに
あなたと私が
います

私の十一月の作品である。いま私はのこり、母はいない。父も八十歳まで生きて逝った。父のいる間に、せまい家屋の一部をつぶして二階建てにした。梁をあげたばかりの柱だけの家をうすら寒い月夜にではいりしていたら、涙がでてきた。中風の末期には脳軟化症をおこして、棚や胸のうえに糞がのっているといったり、屋根瓦がはがされて、おもてにさらされていると幻覚していた母の不憫さが身にしみた。母の霊とふたりで干潟のなかにいるおもいがしてきた。唐突だったが、自然であった。

私のなかの記憶の十一月は、いずれもまずしいが、自然は自然のいろをしていた。早くから蛍はいなくなり、川も水もうたをうたわなくなった。

いまは　はじめよう

編集部の樋口良澄さんからの電話で、近況を書くようにといわれ、交通事故で死んだ息子の事故以来という限定をつけられた。ちょっと迷ったが、前に樋口さんから電話ではげましを受けたこともあり、新年早々、衰弱をたちなおらせてやろうという好意だとも思ってお受けした。思潮社と縁があるのは、昭和五十六年の六月七日の日曜日までが、執筆猶予期限ですよ、とやんわり八木忠栄さんに釘をさされていて、その深夜になんとか区切りをつけたエッセイを、通勤途中の京都郵便本局で速達にしてもらうための封をしていた翌朝六時半のことだった。電話がなった。

「大野裕さんのお宅ですね。」

とくりかえしたあと

「交通事故……死亡確認……」

とつづけられた。妻と娘がわあっと泣きだし、それからすぐ、あけた玄関のむかいにみえるトイレの窓で、立ったままの美容師のTさんが、爆発したように泣き、声が伝染して女家族の隣家も号泣の渦になった。一瞬のことのように思え、誰がどうして伝えたのか、いまでも判らない。ぼうっと何分かがすぎていたのかも判らない。私には涙がでなかった。息子の死は、結果がでているとして、正面から激突した対向車の乗員のことは知らされなかった。

アルバイトの夜勤からの帰りの睡魔でセンターラインをこえたこと。対向車は4トントラックで、乗員ふたりは軽傷だったことがわかった。葬儀や負傷者の見舞、運送会社との折衝《せっしょう》など、兄弟親戚の世話になりながらすごしてきたある日、磯村英樹さんから『水の葬り』という一九七三年十月刊の詩集をいただいた。添えられた言葉があった。

「ご令息のご不幸謹んでお悔み申し上げます。私も十年前に長男を交通事故で喪いました。当時中一だった娘が、今年大学を出て社会人になりました。私のときは、堀口大學氏が、長子をなくした先輩として慰めて下さいました。それをリレーして拙著『水の葬り』をお届けし、お慰めしたいと思います。息子さんの分をも生きて下さい。」

と書かれていた。その詩集を読んで、はじめて、ひとりの部屋で溢れるような涙をながした。磯村さんのご子息は通学の途中暴走車による事故で急死されている。怒りと悲しみで、遺骨をかかえて帰る葬霊車のなかから書きはじめておられる。単なる叙述ではなくて、詩に言葉の筋肉がある。

私の場合は事故以後、いままで書きつづけてきた主題がすっとあおざめて消えた。いうならば書きたいものがなくなった。しばらくして書こうとすれば、息子のことになるのだが、消極でしかない。磯村さんの詩集を読んだとき、親としての社会的責務のような緊搏が逆にほどけた気がして、悲しみだけがあふれた。

私は詩を書きながら、言葉の筋肉が最初の企図以外の方へ動いていくのが好きだ。自分自身の死者との境で言葉が感応するのが好きだ。頽廃すら経験しえなかった息子の死の方へは言葉はおちこんでいくしかない。磯村さんの怒りの契機がない。それでもすこしずつそういうよどみからぬけられそうな気がしている。新年早々の紋切型の希望的な挨拶から、いまははじめようと思っている。

合図 ——六月のうた

性本能の狂乱が身のうちを灼きはじめるころ、親が遠くなる。父と母に、それぞれの他人の顔がみえてくる。女のなまなましい磁力にふりまわされていることを、知られたくなく、遠いところに住みたいと思う。自分だけが特別な欲望につき動かされているのだろうかと悩む。私にもそういう時期があったが、そうした経験が漂白されるころ、息子が、その年代になっている。私はながらく、父のようにはなりたくない、という思いで育ってきたので、私自身も安心できる父親ではないと思っていた。知らぬ顔をしていたが、息子が私のことをどう思っているか、ということは、気になっていた。

二年前の六月八日の早暁、その息子が、交通事故を起こして死んだ。二十一歳であった。一瞬にして私は父の座を払われたが、当時、次のような短い詩を書いた。

そうだろう
なんの約束も報いられないのが本当だろう。
運転中の事故で死んだ息子の財布には
スキンがはいっていた。
これはどんな約束のあかしだったのだろう。
私は三日間息子の頬をなでた。
父親だからだと思っていた。
私は私の父の死に顔を撫でなかったから。

火に入れるまえに
私は息子の頬を小さく撲《う》った。

〈約束〉


書いた草稿を机上に置いたままでいたら、日ごろ無関心な妻がこれだけは発表しないでくれ、といった。私はうなづいたが、私自身は息子の性関心を当然だと思っていたので、妻には内緒で、依頼されていた京都の随想誌に送った。

息子の葬のことは、秘匿しておくつもりだったのが意想外に伝えられて、たくさんの詩人たちの弔慰をうけた。炎暑の日であった。火葬場からもどって、平服になおったとき、おもてに安西均氏と三井葉子さんが立っておられて私は目を疑った。

「たまたま関西に来ておりまして……」

と安西さんがいわれた。

忘れられないのは、おふたりを送っていく駅までの十二、三分ばかりの道ばたにいた、いっぴきの蛍のひかりである。守山蛍と喧伝された源氏蛍の名所で、私は、息子の生きていた二十一年間一度も蛍にであったことはなかった。骨をひろってきたばかりだから、弱々しく明滅するひかりに、「あ、おまえ」と呼びかけたくなるほど、それは、孤独な、脱けてきた魂の、最後の合図のように思えた。

息子には、恵まれない境遇の親しい友人が多かった。一周忌の夜、十人ばかりの友人がビールをさしかわすようになった頃合を見はからったように、妻がいった。

「遺体のポケットにあった財布からね。スキンがでてきたのよ」

すると、異口同音のような答えがかえってきた。

「あいつ、いつも見せてたよな」

「これが、おれのお守りだってな」

ふしぎなものだ。こういう会話に接してみると、私たちのなかで陰から陽にかわる流れがあった。


つい先日のことだった。

しばらく土地をはなれていたので、はじめてなくなられたのを知りました、と電話のむこうで泣きながら墓の所在をたずねる女性がいた。電話だけでは、さがしあぐねたらしく、某日、妻が案内したが、先に帰らせておいて、一時間ほどして自転車を返しにきたという。三回忌の命日の朝、私たちが墓まいりをした時にも、そのひとらしい訪来の花があげられていた。むきだしの煙草がおかれていて、届かなくなったいっぽんの指のようにみえた。その花とかさねあわせるように私たちの花をさしながら、「感じのいい、きれいなひとよ」と妻がいうのを聞いていた。

本気の凹面——八月のうた

少年のころ、うそ本気といううしろめたい造語をよく使っていたような気がする。われながら愚鈍な性格で、現実の認識と行動とに、人にたちまさったところはなにひとつなかった。遭遇している日々の事件を皮膜《ひまく》でしか感じないような、本気のうえに膜いちまいかぶせるような、そんな時間の経過を、ぼんやり見送っていた。

この八月はじめに、勤めさきの慰安旅行で、能登半島をまわったりしたが、快適な有料道路から望んだ海岸線が、どうも旅をしている実感から遠いのだった。あとになって、ＮＨＫの地方局の制作で、鬼面をかぶって乱舞しながら太鼓をうつ輪島の漁師たちの、祭ひと夜のための研鑽ぶりをみたりしながら、あの海岸線の旅も、予備感覚として無駄ではなかったな、と思ったが、この現在の皮膜の感覚は、与えられすぎていることと無縁ではないなと思っていた。冷房の車、冷房のホテル、和倉温泉からのぞむかつての流刑地、能登島にもかもめの飛翔の形をした白い大橋がかかり、観光客を誘致する水族館までの道が整備されている。すじ書き通りの道をはしり、テレビや書物の情報を重ねて、少しばかりの知識上の経験を上積みする。何度も温泉につかり、海の幸のみだれ食いをしながら、飲んで、寝て、外にでては「暑いな」と呟く。ぜいたく三昧《ざんまい》の旅を享受しながら、「醒めよ、醒めよ」と頭をたたいている享楽人間の自分自身が、どうも不安なのだ。

八月十五日、三十九回目の敗戦日の記憶を積みかさねるが、例外なく愛国少年であった頃の私は、「死ね、死ね」と口ばしる配属将校の言葉をC・Mからの潜在記憶のように、無抵抗にうけいれ、私の家が写真館であったせいもあって、撮影にくる飛行兵の服を借りては写真をとり、明日にでも死ぬつもりになっていた。級友にみせては羨望《せんぼう》させたのも、当時の安っぽいヒロイズムにほかならない。

うそ本気の皮膜の自覚には、人それぞれのちがいはあろうが、私の場合には単純であった。「加藤隼戦闘隊」という映画をみた時である。たしか藤田進の主演作品であったと思うが、破顔一笑、機にのぞむ時の彼の豪放さがたまらなかった。少年はすでに画面上の主役である。編隊を組んで索敵飛行中のスクリーンの切れ目から、別の轟音がひびきだしたかと思うと、我に勝る敵の編隊が横一列にあらわれた。

そのとき、ぞっとするような怖さがからだを走ったのである。闘志どころか根のうちの臆病をのぞいてしまったのであった。藤田進は莞爾《かんじ》として翼をふり、戦闘態勢にはいったが、同じ主役になりきっていたはずの少年は、予想外の恐怖感に愕然《がくぜん》としていた。
私は陸士を受験して、まだ自覚のなかった肺浸潤を発見され、不合格となったが、一次合格者の集まる講堂で、陸軍大佐から、「大野新不合格」と大声で宣告され、「復唱、大野新不合格」と答えたときには、涙がつっと噴いた。観念としての本気はのこっていたのだった。級友の多くは予科練を受けて合格し入隊したが、毎日の制裁のつらさに、石鹸水を耳におしこんで鼓膜を破ろうとした友人がいたことは、のちに知った。私としても、合格していれば、同じ絶望にさいなまれたことであろう。このことはうそ本気にかかわりはない。

旅も、自分にみあうだけのささやかなものがよさそうである。第三日曜日の二十一日、近江詩人会の例会で、安土から一時間ほど、西の湖の水郷めぐりをした。淡水真珠養殖の柵《さく》とよしの群生のあわいを、平底の舟で走り、このよしが窒素を吸収して湖水を浄化していることも知った。おだやかな山をめぐらせて、湖は、うそも本気もない平凡な唄をうたっていた。よしの間の細い水道をわたって、会場となっている料亭にあがろうとする手前に、河骨《こうほね》が、すんなりした花柄をもちあげて一花ずつの黄褐をおびた色に咲いていた。二階の窓からは、さきをたわませたよしの一望である。窓には、そのよしの工芸品である短いすだれがかかっている。隅々にはよしの衝立がおかれている。節の褐色が模様になっている。

雨十パーセントという予報であったが、しばらくして、展望はにわかに雨になった。よしをわたる雨を、みな、立ちあがって聞いた。

サム・サンデーイブニング

ひとりでビールを飲んでいた日曜日の夕方、二階にいた高三の娘がおりてきてテレビのスイッチを入れた。

並んですわりながら

「お父さん、これ」

という。

濃い胸毛の、汗まみれの中年男が、舞台せましと動きまわりながら、声量いっぱいに歌いあげている。

「クイーンのボーカルのフレディ・マーキュリよ」

四年前の六月初旬に、交通事故で息子が死んだ。その葬の日の朝、私は息子の部屋にこもって、ステレオにのっているレコードを聞いた。たまたまその訳詩を目でたどっているうちに、何か大きな予感のうえに息子はいたんだというふうな戦慄《せんりつ》が、ずきんと全身を響かせたのであった。

私が書きしるしたこの手紙を受け取ってくれ
さあ、息子よ、それを高く掲げよ
たとえ、その言葉の意味を理解できぬとも
お前は死の間際に、そっくり同じ事を書き記すだろう

〈Queen : Father to Son〉

この詩は父が息子に宛てた遺書だが、私が書いてきたものもそれにみあうべきものではなかったか、というような思いが、まず胸をうったのだった。私には息子のことを書いた詩がそれまでに四篇ほどあったが、それを読もうともしなかった自動車狂の息子は、多分何の予感も覚えず、before you die（死の間際に）という詩句を、まさしくその間際に聞いていたのだ。

――父から息子に語り継がれる言葉がある。お前も父になったら、同じ思いで、息子に遺書

をしたためるだろう。決して理解しようとしない、その息子に。

　というこころを。

　お前の失ってしまったものは、若い肉体だけではなく、こういう人間の自然なのだぞ、という思いにうたれたのだった。


　テレビで歌番組を聞くことはほとんどない。クイーンのことも、棺のなかに入れたその一枚のレコードと、詩の一部分の記憶を除けばそれきりである。前掲の詩に関しては、思考性のふかい硬派の詩句を、日本のはやりのグループ(これも名前すらあげられないが)だったら歌いこなせるだろうか、というふうに、聞かずして軽んじている、いわゆるおじん族の範疇《はんちゅう》にすっぽりはまっている。

　けれども、その日は、東京で録画された、ヤング・ミュージック・ショー「クイーン」の一時間にたっぷり接した。フレディ・マーキュリは、やわな歌手ではなく、ボクサーのような筋肉質で胸厚な半身をあらわにして、あるときはギターをひき、ピアノをひいた。声を殺したり、たわめたりするような小技巧を用いず、ひたすら歌いあげ、ときには、無音の足と腕だけのリズムで、宙をたたき、空をうち、総立ちになって頭上で手をうち鳴らす聴衆を酔わすのであった。

いじめられっ子

私はいじめられっ子であった。小学校四年生から六年生までの三年間である。このころの気持ちの萎縮《いしゅく》や恐怖感はいまだによみがえってくるが、さて、あの時の私をどうしたら救いだせただろうという方法になると、まるで思いつかない。

気がついてみると、Tという少年の配下にいたのであった。放課後は近所の寺の境内でボールの標的にされたり、解剖と称して下半身をむきだしにされたりする。家から小銭を盗みだしては、活動写真のお供をさせられる。先生に目にあまる反抗をすることだけが、称賛事なので、教室での質問には返事をしない。同じようないじめの対象にされていた少年から、共同してやっつけようと囁《ささや》かれたときは、怯《おび》えてふるえあがったものだった。華美な弁当はねちねちとやられるので、梅干や漬物だけでいいと母にたのむ。ふしぎに登校拒否は思いつかなかったが、毎朝のしつけで、神仏に手をあわす時だけは、「どうか、Tが病気で学校に来られませんように」と、心をこめて祈願していた。優等生のぼんぼんでゴムまりのようにはずんでいたのが、踏んずけられるのが日常の、気概も好奇心も好学心も薄いぺしゃんこの紙風船になっていた。別の少年に手淫《しゅいん》の実験台にさせられた時だけは、理由がわからずに泣きわめいて中断させたが、新聞ダネにもなった、授業中に手淫を強要されていた高校生が、そのいじめの相手を殺すにいたった心情は実によく判《わか》った。

ある時、それもたった一日のことだが、Tが学校を休んだことがあった。じっとしていられない程心がはしゃいで、だれ彼にともなく話しかけ、しきりに笑った。目にあまったのだろう、ひとりが、「Tがいないと思って」と、ひと言つぶやいただけで、私のつかの間の自由は潰《つい》えたのである。

小銭を盗んでの映画館行きは、母に知られることになり、暗がりの背後から日傘で肩をたたかれて連れだされた。帰途Tの家の玄関を入ろうとする母に、私は体当たりをして拒んだ。翌日、Tが妙にやさしかったのを覚えている。

中学校に入って、Tとはクラスが別になり、ことは自然消滅した。劣等生だった私は、勉強することで成績が急上昇し、級友たちがそのことだけで私を人格として扱いはじめたことに、無類の解放感をおぼえた。

吉行淳之介からの孫引きだが、グレアム・グリーンは、いじめへの復讐《ふくしゅう》心から作家になったそうである。この話には吉行好みの落ちがあって、二、三十年後にそのいじめの相手にあったところ、きれいに頭髪のはげた、好々爺《こうこうや》であったという話が付されている。

後日譚《ごじつたん》としては、つきすぎた話だが、終戦後、級友たちとはばらばらになって、今の韓国から引き揚げたあと、二十五年後の同窓会で私はTに逢《あ》った。Tは少年時の顔だちのままの、かくれもないTそのものであったが、みごとに禿《は》げあがった好人物で、司馬遼太郎の「街道を行く」（韓国篇）を同窓生全員に用意していた。その後私の書棚にはTから贈られた西脇順三郎の著作集や稲垣足穂大全（五巻）が並んでいる。広島の紙問屋の社長として大成している。

私と同じ臆病小心で、世間に訴えることもできぬいじめられっ子らにいいたい事はひとつだけだ。どう卑怯《ひきょう》未練な生きかたをしてでもいいから、死ぬな、ということである。必ず君らにおとずれる、青空にぬけるような解放感を味わう日まで。

涙というやつ

「涙」といえば、きまって思いだす文がある。昭和十一年に、二十七歳の天野忠《ただし》さんの書いた「虚飾日記」の一文で、母親の亡くなる前夜の看病の描写である。

〈母親が亡くなる前夜、息子はついうっかり眠ってしまった。フト眼をさますと、床から這出た母親が、一人で便をしようとして、畳の上をもがいてゐた。

息子は驚いて、飛上って母親を抱いた。

「便するんやったら、云はんかいな」

不平さうに母親のねまきの裾に手をかけながら、息子は呟いた。

黙って、キャタツに全身をもたらせて、母親はフーッと長い疲れた呼吸を吐いた。

「さあ、これで良えやろ」

用意が出来ると、待ちかねたやうに長い小便をした。長い事我慢してゐたらしかった。

「まだか」

背を撫でやりながら、息子は水ばなを落しさうにした。

「もう直ぐや」

母規は重たさうに眼をあげて呟いた。

「すまんこっちゃな」

何がすまんことあるかいな、息子は横を向いて、黙って涙を落した。ねまきの裾をまくり上げたまゝ、息子は俺の涙は俺よりも正直な子供の涙だと思った。〉

この「俺よりも正直な子供の涙」というところに、私は、早くから物書きになろうと意識していた、批評的な眼を感じた。

この天野忠さんの実際の「涙」に接したのは、もう十年ほど前になろうか。眼と耳が不自由ながら、ひとすじに詩を書くことを生き甲斐《がい》にしてきた長浜市の武田豊さんの出版記念会に同行した折であった。

天野さんと武田さんは同年で、戦争前後を病弱と貧しさのなかで生きぬいてきた天野さんには、とりわけこの同行者の姿に感慨があったにちがいない。最初に祝辞を求められた天野さんは随想的な話しぶりで、京都を少し早い電車で発ったことや、豊《ほう》公園への散策などを語られたあとで、本論に入られた。

「古本屋ラリルレロ書店の武田さんの店は、本日は休業とみえて、カーテンがかかっておりました。戸をあけて入りましたが、誰《だれ》もおりません。すこし向こうには華々しい新刊書店があるのに、と思いながら書棚をみまわしておりました。隅には目だつように、いささかエロチックな本も平置きにしてあります。ガラス障子の向こうで話し声がしました。お父さんの晴れの日で娘さんが来られているらしい。そのうち障子があいて、武田のおっちゃんがあらわれました。〈やあ、忠さんかいな。ほんによう来てくれた〉と、みえない目で私をみました。私は腕をまわしてその肩を抱き………」

ひとときの間があって、話はつづけられたが、着席のとき天野さんは、てれたように、

「この冷酷無慚《むざん》な男が………」

と呟いたものである。並んでいた私への、これはオーバーな演技的な照れであったが、そのときも、「俺よりも正直な子供の涙」を感じた。

実は、こんなことを書いたのは、つい先日私の住んでいる守山市の図書館から頼まれて、詩の話をした時、何度も読んだ詩でありながら、癌《がん》で愛息をうしなった京都の内広嘉子さんの詩を、直叙の日常語が技巧を越える好例として読みあげた時、予測しない涙に私自身が襲われたからである。涙声を、舌打ちしたくなるような拙劣《せつれつ》な声だな、と思うはずかしさと、「俺よりも正直な……」という思いが、こもごもであった。私のまえで、ぱっと噴きだした婦人の涙を、

読みおえて、見た。

詩人

何ひとつ書く事はない
私の肉体は陽にさらされている
私の妻は美しい
私の子供たちは健康だ

本当の事を云おうか
詩人のふりはしているが
私は詩人ではない

（「鳥羽1」冒頭二連）

大江健三郎の小説にも、「本当の事を云おうか」の一行を使われて有名になった、谷川俊太郎の詩の一部である。はじめの四行の、事実そう思っているにちがいないが、あえて表明することの赤剝《あかむ》けのひりひりした、さらしの感覚が、よく効いている。私なども、この稿の終わりに添えられる〈詩人〉という肩がきをみるたびに、二連目の三行を叫びたくなることがある。妙な言いかただが、私は、自分の書いてきた詩を、私という人物よりも数等上の出来だと思っている。人物を超える不思議な出来だと思うときだけ発表を許してきたと思っている。人物としては、固定的な力のない、惨憺《さんたん》たる存在なのだ、という意識が常にあって、「詩を書いています」ということはあっても、「詩人です」とは、口が裂けても言えないところがある。だから、あえてそういう行為に憑《つ》かれた同行者を、それだけで好きだと思ってきた。

先日、思いがけない電話がかかってきた。

「ご記憶にないかも知れませんが、私は、二十数年前にコルボウにいたTというものです。あのころ、詩人をたずねては、無心をしていた、といえば思いだされるかも知れません。爪はじきされていました。あなたを訪ねた時、カレーライスをご馳走《ちそう》になった。ああ、思いだしてくれましたか。臓腑《ぞうふ》に沁《し》みたあの味が忘れられなくてね。いま隣町の草津に住んで、一号線ぞいのラーメン屋で働いています。あの時のお礼にあなたの塾の生徒さんにラーメンをご馳走したいと、いつも店員に話しているんですよ。

あの時、君が詩を大切に思っているなら、意地でも、詩人にだけはタカるな、っていわれましたね。

いま、守山駅前から電話をしています。タクシーで行きますから、三十分お邪魔させてください」

古い記憶をゆさぶる電話である。御幸町《ごこう》御池の小さな印刷屋にかかってきた電話を、私は、詩人で社長である故山前実治《やまさきさねはる》さんからとりつがれた。戦後消息をたずねあって、昭和二十五年に、「コルボウ詩話会」を発足させたのが、山前さんや天野忠さんらである。ガリ判《ママ》のテキストは、山前さんの手になった。倫理に厳しい人であったから、Tは旧知の山前さんにはおびえて、未知の私を指名したのであった。

Tはその後、有名な中華料理チェーン店で十五年修業し、海洋博にあわせて五年間沖縄店で店長業務をし、草津店でも二年半を過ごしているそうである。先日でた大冊『続天野忠詩集』（編集工房ノア刊・七千円）も購読していた。「詩も書いていましてね」と三篇の詩篇をみせた。

五十才をすぎたというのに

残したものは何ひとつない
その才月はどこにすてたか
ワープロで打ってあった。

（「答え」冒頭）

結婚

先日あるところから、若い人たちに話をしていただけないかという依頼があった。勤めを退いてから、可能な範囲でなら、そういう類のことは何にでも応じようと心にきめているので、「どういうお話ですか」と聞くと、「結婚についてです」ということである。

さすがにたじろぐものがあった。かえりみるまでもなく、平穏無事にも、理想に近づくようにも結婚生活をおくってきたわけではない。曝《さら》せるものならどう曝してみても、それが、これからの人の役にたつようにも思えない。何となくいったんは引き受けたような形になったものの、三月のその日がくるまでは、ぼんやりと考えつづけることだろうと思っている。
まず、愛ということを今の人はどう考えているだろうと思う。物質文明の今日のことだから、車だとか扶養家族のことだとか、差別問題のこととか、世俗的に利口な計算が本能的になっているかもしれない。私たちは二十歳代のころ、国の運命と併行して貧窮して病みがちだった。それに比例するように、大きな運命のようなものが、渦のなかに捲《ま》きこむようにして、私たちをさらっていくロマンチックなことを考えていた。井上靖の小説などもそういう夢想をみたすものだったが、詩でいえば、『智恵子抄』よりは、黒田三郎の『ひとりの女に』だった。彼の「突然僕にはわかったのだ」を読むと、そういう思いかたにおいて、まだ現役だなと思わせるところがある。

僕は待っていたのだ
その古めかしい小さな椅子の上で
僕は待っていたのだ
その窓の死の平和のなかで

どれほど待てばよいのか

僕はかつてたれにきいたこともなかった
どれほど待っても無駄だと
僕はかつて疑ってみたこともなかった

突然僕にはわかったのだ
そこで僕が待っていたのだということが
そこで僕が何を待っていたのかということが
何もかもいっぺんにわかってきたのだった

罌粟《けし》に吹く微《かす》かな風や
煙突の上の雲や
雨のなかに消えてゆく跫音《あしおと》や
恥多い僕の生涯や

何もかもがいっぺんにわかったとき
そこにあなたがいたのだった

パリの少年のように気難しい顔をして
僕の左の肩に手を置いて

幸か不幸か、今私は、のどの奥の癌《がん》で死んだ大酒飲みの黒田三郎の一生のことも、愛して連れそった夫人の手記も知っている。すばらしい詩人であった黒田三郎や中桐雅夫の夫人たちは、批判眼において透徹していて、若い詩人の夢想のようには、みつめかえさなかった。愛は、詩において、かつてあった光芒《こうぼう》を不易にするが、結婚というものは、常に、「ある」ものではなく、「なる」ものである。片方がなくなっても、残った側の思いのなかで続けられることもある。私は浄土で逢《あ》う日のために勉強しているひとりの婦人を知っているが、初源の形では、だれもどのようにも見通せないものだ。

結婚（続）

前回私は、二十歳代の人への「結婚」についての講演をたのまれて困惑したことを書いた。その日が近づくにつれて、まず、枕をきめれば何とかなるだろうと思った。衝撃力のある導入部を考えているうちに、かつて読んだ吉本隆明の告白的な文章を思いだし、その文に対する私の畏敬《いけい》とショックをこめて、これだ！　と膝をうつ思いだった。

まず、人にとってもっとも理不尽なものは何か、ときりだす。それは人に死を強いようとするものだ。暴力、戦争、病気等々範疇《はんちゅう》次第でいくらでも拡大される。

次に理不尽なものといえば、「愛」だ、というのが私の計算だった。吉本隆明は、次のようなことを書いていた。自分は、どんな論敵があらわれても、これを論破できるだけの思想的な用意がある。だが、ひとりの女を争ったとき、この女性の意を迎えるために自分がしたことといえば、決して、堂々とした正面切ったものではなかった。卑怯《ひきょう》未練で、狡猾《こうかつ》で、考えられるかぎりの奸智《かんち》を思いついた。その女を自分だけのものにするためには、自分の人格など、どうみられてもよかった、という内容であった。

吉本隆明の思想のなかには、こういう肉声のきこえるところで共感することが多いが、いわれてみれば、私の経験を鷲《わし》づかみにされる説得力があった。

この枕で、聴衆は、ほうという、声にならない波動をもって応えてくれるはずであった。それから、用意してあったコピイの愛の詩篇に読み入るだけの集中力がうまれるはずであった。会場はしんとしていた。たしかに話は伝わっていて、私語ひとつなかった。けれども動揺もなかった。考えてみれば、四、五十人の人を前にしていて、それが皆二十歳代であるという経験が、私にはなかった。衝撃をうむだろうと予想する私の方が一方的に親の年齢で、それが成熟年代におこることだということを無視していた。

その後のトーキングで、ひとりの女の子が率直な発言をし、その率直さの勇気に私はまた感心したのだが、次のようなことを言った。

「いま私は、自由に恋人を選び、青春を悔いなくおくりたいと思っています。でも一生の伴《はん》侶《りょ》をえらぶとなると、決して冒険をしたいとは思いません。私のあいては、公務員か、銀行員か、自営業の職種の人にきめております。恋愛とか見合いとかに拘泥《こうでい》しておりません」

私も二十一歳の娘をもつ親であるが、とっさに思ったことといえば、これはまるで親の目だな、ということである。

最近、私の親しい詩人の病状を知らせてきた女流詩人が、

「娘の結婚をみとどけてから死にたい。いい人を紹介してくれ」といわれるので、ＮＨＫのシナリオ・ライターをなさっている方をすすめましたらね。即座に、「そんなのはだめよ。そんな危険なのは。電気器具商かなにか、そういう商売の人がいいな」といわれるんですよ、とからかい気味な口調で電話をかけてきたことを思いだした。

たしかに親の目からすれば、娘を、吉本隆明のような理不尽な男の愛にふりまわされたくはないのであるが……。

ふるさと意識

三月二十一日は、すぐ下の弟の娘の結婚式で、琵琶湖ホテルにでかけた。私たち五人の子供と父母祖母が昭和二十年暮れに現韓国から引き揚げてからのことだから、湖国に住みついて四十三年目になる。

披露宴の中途で窓の重いカーテンがさあっと開けられると、窓際まで湖だ。胸を圧してくる思いのなかには、水のある風景が均等にもつ親愛感以上のものがあるのを、最近感じだした。ながらく私は「残念ながら、いなか者とよべる資格が私にはない」というふうな言い方をしてきた。方言のイントネーションや記憶力発生当時の風景、級友たちとの共同意識の欠如などがその思いを助長していた。

子供の世代が、恩師や級友たちの祝辞を受け、学校でのクラブ活動や、地域の特殊性が語られることが、妙にじーんとくるのであった。祝辞の誇張感情だと思っても、土地の名が級友たちの共有する記憶のなかで語られると、その名が、他人行儀でない美しさにみちてくる。大津・膳所・守山・堅田・長浜などという地名そのものが、芭蕉などの媒介もあるにはあろうが、身うちの親和性のひびきとして聞かれるのである。

小学校時代、大津の湖の岸辺に家のあった横光利一《よこみつりいち》には「琵琶湖」という小品があって、「今も東海道を汽車で通る度に、大津の街へさしかかると、ひとりでいても胸がわくわくとして、窓からのぞく顔に微笑が自然と浮かんでくる」

という行がある。京都への通勤三十年、毎日車窓で頬《ほお》に水の反照を受けていたことと、屈託ないわが子の自然発生的な方言とのながい接触、外と内とでのながい無意識な接触が、ようやく私を横光利一の初心に近づけたのかもしれない。

横光利一の「琵琶湖」は昭和十年、戦前の稿であるが、末尾に近い次のような個所を読んで、根っからのふるさとびとはどう感じていたであろうか。

「青年時代に読んだ田山花袋《かたい》の紀行文の中に、琵琶湖の色は年々歳々死んで行くやうに見えるが、あれはたしかに死につつあるに相違ない、といふやうなことが書いてあった《ママ》のを覚えている《ママ》。私はそれを読んで、さすが文人の眼は光ってゐると、その当時感服したことがあった。今も琵琶湖の傍を通る度毎《たびごと》に、（略）この湖は沼のやうにだんだん生色を無くしていくのを感じる」

ある結婚式で

先日、琵琶湖ホテルで、在日韓国人三世の結婚式に招かれて出かけた。近江詩人会で会友である婦人の長女が、その日の新婦である。私は現韓国で生まれ、十七歳の時の終戦で滋賀県人となったので、いわゆる標準語で育った。引き揚げてからまざりあった方言のアクセントなどでは、いまだに娘に笑われている。

会場に入ったとたん、チマ・チョゴリの原色の鮮やかさがわきたつ思いであった。透けるような刺繍《ししゅう》にも贅《ぜい》がこらしてある。私のいた皇民教育のなかの植民地では見られなかった盛装である。

教職にある仲人が、新郎新婦紹介のさいに、

「私たち二世の者が、結婚前のこのふたりに、在日の心構えのいろいろを話しておくべきだと思って逢《あ》いましたが、ふたりとも恬淡《てんたん》として、すでに動じようのないものがあります。大丈夫だと思います」

と言われた。

私は、新婦の母親の作品を持参していたので、早く指名されたあいさつでは、それを読みあげることからはじめた。「うさぎの目」という作品である。

あのねえ、おばちゃん、うちとこ、もう、日本人になったんえ。
霜の朝　キシキシ　しもをふんで
サアちゃんがいう。
そやけどなあ　こないだから
おばあちゃん　ごはんたべはらへんねん
おかあちゃんがよびに行っても　私がよびに行っても　出て来はらへんねん。

おばあちゃんも　おかあさんも　うさぎみたいなまっかな目で　ぶすっと　だまったはる
　ねん。
なあ　おばちゃん、なんでニホン人になったら
けんかしないかんの？
わたしニホン人でもカンコク人でもどっちでもええのに……
（後略）

ある学者のシミュレーション計算によると、縄文時代の日本の人口は五十万人、奈良時代の人口は三百五十万人だそうである。戦乱の中国や朝鮮から逃れたり移動して同化した先住民は、私たちの祖先であるにちがいないのだが、この詩のなかの子供の声は、なにかそんな遠くをみているような気がする。

「――それにしても」と私はいった。
「今韓国にいる、無理強いに日本語をおぼえてきた同級生には、複雑な友情を感じていますが、京都生まれで京都育ちの、新婦のおかあさんの日本語は、私には使えない、きれいな京都ことばです」

四十三年後の来日同級生

韓国の全羅北道群山府という町から引き揚げた者の会が、五月二十三日広島市でひらかれた。当時中学校や女学校で同窓の韓国人の出席者も多くて、四十三年ぶりに顔をあわせた人もあった。十七歳で別れた私たちの級友四人も、この機会に来日した。日本の同級生たち三十数名のうち有志の募金によるものである。外科医、大学教授、中学教諭、アメリカの大学院研究員等の社会的な地位にいた。

八百七、八十名の大会で特徴的だったのは、いままで雌伏《しふく》していた金大中の平民党に属する国会議員の同窓生が、天下晴れてという形で気勢をあげていたことだったが、ここで書きたいのは、そういう公的な関心事ではない。解散後、京都近辺に住む私たち三人と、来日中の京都を訪ねたいという三人とが、河原町のビアホールで膝をつきあわせて、別れたあとのあれこれをしみじみ話し合った内容のひとつである。

外科医をしている文東鎮は、中学校時代から抜群の頭脳の持ち主で、平均で90点以上を維持していて、歯のたつ相手ではなかった。そう話す私に、中学教諭の金鐘浩は、

「君は、入学後最初の成績が百二十人中五十何番で、私と接していた。ところが君は、切歯扼腕(という熟語を使った)して、二学期の時に、四十人を追いぬいた。私は二十人しか抜けなかったのに」

などという、とんでもない記憶を披瀝《ひれき》したりしたが、その秀才の文東鎮は四年終了後京城大学へ入り、医学部卒業後、朝鮮戦争の渦中に巻きこまれることになる。軍医となって、設備のととのわないなかで、一日何十人の手術をしたか判らないといい、

「不幸なことだが、外科の技術は、戦争後格段の飛躍をするんだね。僕を外科医にしたのは、あの緊急やむをえない負傷者に接して、人間のからだを切り刻む蛮勇《ばんゆう》を得たことだった。いまはたいへんだよ。誤って手術をしそこなったら、一介の町医はおしまいだ。六十歳をすぎると手がふるえてメスがもてない。だが、戦争では、直観的な判断と、蛮勇と、体力でのぞむしかないし、失敗すれば戦死ですむ」

彼は戦後、私の友人の父が副院長をしていた道立病院の院長を、非常な若さで経験してきたのだった。

「僕など臨床専門でやってきただろ。学問ばかりしてきたやつの前ではコンプレックスが働いてね。外国から帰ったりすると大学の医学部で、僕の占める場所は全部ふさがっているんだ。でも学会などで同席したりすると、コンプレックスはむこうの方が大きくて、へんにぺこぺこ

したりするんだよ」

すると段々憮然《ぶぜん》としだした全北工科大学建築学教授の蘆載濬が怒りだした。

「おまえは、すぐ大学の権威をぼろくそに言うんだ。バカヤロ、バカヤロ、バカヤロ」

関西に四十年あまり住んでみると、標準語の、しかも、来日三日でやっと流暢《りゅうちょう》になりかかった日本語の「バカヤロ」が、生真面目すぎて、へんにおかしい。蘆君が、怒りの由来を日本語でいい、懸命にののしったりするのも、私たちへの友情だろうとうけとった。

いい本

守山市立図書館の本の収蔵量が限界に達したというので、市役所に訴え訴えしていたのが、とうとう六億円あまりの予算がでて、念願の増改築となり、五月二十六日に開館のはこびとなった。簡素な竣工式《しゅんこうしき》に、協議会委員のひとりとして私も招かれたが、諸氏のあいさつのうち、県立図書館長、前川恒雄さんのお話が必要緊急の率直な感想としてたいへん面白かった。諸氏のなかには半ちくの教養談議などもあって、あきれる思いもしたが。

書棚は、現在の在庫数八万冊では、すかすかの並びようである。二十万冊まで収蔵可能になったと聞くと、私にはこれが夢想空間になってしまって、雲中供養仏でも飛行しかねない気分になる。

前川さんは、守山市立図書館が、昭和五十三年に、県下ではじめての独立館として建てられたのは、市民の高田市長への投書からきている、というエピソードと、それをとりあげて実行した見識を羨《うらや》ましい、といわれた。今回の増改築には、私も新聞の随想欄で市役所の文化水準をただしたことがあるので、ほかの市にくらべ、反応度に、ある誇らしさを感じている。続いては、図書館の内容である。

万巻の書があればいいというものではない。いい本が揃《そろ》っているかどうかが大切なことだ、といわれ、その充実ということで話を結ばれた。

実は、この要約は、明白なようで、たいへん難しい内容をふくんでいる。単純にしてしまえば、建物はできたのだから、本の購買予算を、ひきつづきお願いする、という市役所への要請になる。いや、多分にそういう意味であっただろう。

そのあと暫《しば》らくの茶話の時間に、私は、前川さんの質問をうけたのである。

「私はベスト・セラーと聞くと、まず、読もうと思わないのですが、先日、皆がいうので、俵万智の歌集を読んだのですが、大野さんだったら、どう評価なさいますか」

私はいまだに口語化しえない現代短歌のなかで、風俗のなかに人格を解消することによって、短歌としての口語をつくりあげたある種の天才だと思っているが、これを人格として読めば、軽い。風格のないものと読めるだろう。そういう目でみれば、いい本のなかに俵万智を入れるか、どうかという（これは極端な例としても）基準のようなものは、実に曖昧《あいまい》である。日本語は時々刻々変わっている。

人間の区別

先日、大津市民病院に入院中の詩人天野忠さんのお見舞で、小説家の山田稔さんと一緒になった。とりとめない話はいつしか、天野さんが、ご自分の物忘れのひどさをいわれ、人それぞれのわがことに及んでいくうちに、物を達者に書いてる人が共通して、記憶力に秀いでた人に対する羨望《せんぼう》をもっているのに気づいておもしろかった。私のそれも人後に落ちず、少年時以来暗記課目が大の苦手だったころの劣性をひきずっている。山田稔さんなどは、そういう欠陥を逆手にとって、完全に忘れてしまっていることと、憶えていることとのさかい目を模索しながら、事実のさなかに浮上していくことを、軽妙な筆に托している。それは完璧な記憶力の遡行にはない、ユーモアと人間味があって、私などにはとても親しめる文である。

記憶力の弱い人間の得手勝手な理屈かもしれないが、そういう劣性をもつものは、ながい人生のなかで、何とか身びいきして凌《しの》ごうと思っているものだ。数字でもなんでも、きちっと頭脳のひだに閉じこめられる人は、自分にきびしい神経質な面もあろうが、他人の弱点をゆるさない人が多いように思える。政治家や商人で大成する人は、例外なく、人の顔・名前・電話番号をおぼえる本能的な才能をもち、敵味方の識別に敏感なようである。私はかつて、人間を敵・味方という区別で考えたことはなかった。これは劣性コンプレックスの側にたつ人間の特徴なのだろう。

山田稔さんの話のなかに

「記憶力のよすぎる人は、しばしば、記憶につまずいて、物を書かなくなる人がありますね。これは、フローベルのどこにあった、これはチェホフがすでに言っている、とたえず記憶のなかの文献につきあたる人にとっては、言葉の処女性なんて、まるでみつからないんじゃないですか。忘れっぽい人の蛮勇なんて出っこありませんよ。」

というのがあった。敵・味方の区別はなくても、記憶力のいい人・わるい人の区別のある人間には、勇気のでる話である。

天野忠さんは、脊椎の手術をされたが、下半身の麻痺はまだ回復していない。立つことも歩くこともできないが、坐って、足をぶらぶら動かすことはできる。それぞれの劣性論のなかで、天野さんは、はずかしそうに

「わしには、今、歩ける人、と、歩けない人との二種類の人間しか考えられんな」

といわれた。

猫の便

猫をひろった。すこし飲みたりないので、駅をおりてもよりの酒店の前の自動販売機までくると、鳴いていた。小さな箱にはいってストローの挿しこまれたミルク函《ばこ》がそえられている。生まれたてで、ひろってくださいという捨て主の気持が、箱のなかのタオルにこもっている。

どうしよう、と思わざるを得ないのは、家内も娘も猫好きだが、娘が高校生のとき、屋根うらに産み捨てられた猫を救出して、喘息《ぜんそく》アレルギーをおこしていること、便の世話の責任が、全部ひろい主にかぶさってくること等である。まず家内に電話をした。果して、見にくる、という。見にくればいやも応もない。あの哀切さだ。犬といい、猫といい、造物主は、人にひろわれるように配慮している。魂消《たまぎ》るという字をあてたくなるような不安と哀切さを演出している。目が見えるまでのしばらくは、哺乳の反応が切なかった。瓶のさきのほそながいゴムの乳首に舌のあてかたがわからない。やたら、のどのおくに突きあてそうなあわてようである。おさえている前肢《まえあし》をだして抱こうとする。抱けなくて鋭い爪をたてる。ゴムに穴をあける。

十グラムほどのミルクが猫の皮袋に移行すると、もう肢は自分の体重を選ぶ用をしない。世界を傾けながら、見えない視野にたちくらみ、くるっとまるくなってねむる。

梨の産地から送られた大きな箱の半分にタオルを敷き、半分にはセルロイドの容器に新聞紙をのせたのを置いている。小さな箱はすぐとび出すようになったからだが、ひろって三日目には、気がついたら糞まみれだった。これじゃあ、毎日、猫の洗濯だな、と覚悟したが、二日つづけて排便したあとは、尿ばかりである。一週間もつづいたから、糞づまりで死ぬんじゃないかと心配になってきた。猫に手をふれては洗うようにしている娘が、犬猫病院に連れていこうか、と言う。まず、電話でたずねたところ、次のような答えがかえってきた。

〈肛門がすぐかたくなりますのでね。親がそばにいると、たえずなめてやるのですが。ぬるま湯につけて、綿でふいてやるといいですよ。〉

またも造物主の智恵である。洗面器に猫のお尻をつけて、尾のうらの肛門を撫でているうちに、チューブから押しだすような、きれぎれの便が泳ぎだした。

猫の仁義

生まれたばかりの子猫がわが書斎を占領している夢を二度みた。子猫のそばには、うちのモモと数軒先のガール・フレンド、ミミが父母然としてより添っている。

この由来ははっきりしている。五カ月前の同時期に拾った猫が、幼なじみのたわむれを朝夕くりかえしているからだ。モモとミミにとっては、裏の小川堤と表の幅いっぱいの車道との間の、七軒の棟割り住宅のぐるりが全世界だから、他の猫の見知りはない。抱いて車道をわたろうとした時のモモのおびえようは、はねる毬《まり》である。行く末の結合はみえすいているので、両家の女房の相談のあげくが費用をだしあってミミの避妊手術をということになった。ところが歯がはえかわっていないので手術は尚早《しょうそう》といわれ、帰宅した事情があったからである。

モモの育児には苦労した。娘が大の猫好きのくせに、喘息《ぜんそく》アレルギーをもっていた。娘の出入りを禁じた書斎で飼っていたが、勤め帰りの娘が夜半になると二階で咳《せ》きはじめる。時々不眠状態になるので、やむなく書斎の戸口の外の、せまい土間に段ボール箱をおいて毛布を敷きつめ、そこを寝所として外へ開放した。

はじめはしきりにノックしては鳴いた。それが首輪の鈴をチリチリふるわせるだけになった。

書斎の敷物が爪でむしられなくなると、娘の咳《せき》はぴたっととまった。モモはモモなりにテリトリーの開発をはじめた。右隣の家は花粉症の子供がいて封じられている。左隣の家には高価な猫が飼われていて、長い毛にくるまって、うすい刃のような目でみている。近づくとフーッと息をはきつける。左二軒目の末娘は気がいい。登校時にチリンと戸があくやいなや、入れ違いにかけこんで、ストーブかこたつの近辺に座を占めるコツを身につけた。餌《えさ》はたりているので、決して他家の食卓にまで手をのばそうとはしない。暖以上の望みはない。猫ぎらいのおばあさんの黙認は、その一点につきる。

さらにその左隣にミミがいる。モモより一まわりスリムで、体形にそった、キョンキョンのような小さな顔をしている。美猫である。

私がつっかけ下駄で外へでると、ミミと前肢でなぶりあったり首をなめたりするのをつと止めて、モモは、傾けた顔を私の足の甲にすりつける。

生きもののふしぎ

読みかじりの知識だが、ローマ帝国皇帝フレデリック二世が、置きざりにされた子を集めてこさせ、一室において、入浴は許したが、会話、ほほえみを禁じたところ、二年たらずで全員死亡してしまったという。このおそろしい実験は、後世の学者に、ヒトは、遺伝子として、対人的コミュニケーションの芽が仕組まれているので、特定の人(母)にたえずほほえみかけ、甘いしゃべりかけをさせなければ言葉をもつまでにいたらないことを記させている。

ところで、滋賀県に住んで、琵琶湖のめぐりの昆虫の生態を写真集にして、世界でのロングセラーを得つつある『昆虫記』の今森光彦さんと先日お話しする機会があった。誰しも、ヒト、イヌ、ネコあたりの養育者たるべき資質をもってうまれてくるであろうし、その対象には、何ともいえぬ可憐《かれん》さをゆすぶられるものがある。捨て猫にしても、ふらふらと寄ってきて、死ヌゾ、死ヌゾ、と訴えんばかりのかぼそい声をあげる。例外なくかわいい顔をしている。

でも、昆虫少年になるのは、よほどえらばれた資質がいるような気がする。私はある女性詩人と、海をみおろす丘にたたずんでいた時、ささささとんできたバッタかカマキリの類に対し、にわかに恐怖のカタマリと化し、遠ざかりながら指さして、「コロシテ、コロシテ」と切り裂く声を発しているのを目撃した。

私はそれほどでもないが、庭先から土間にあがりこみそうな、うしろあしを高くあげたウマオイにしてもクツワムシにしてもマダラカマドウマにしてもクモ・カマキリ・アブラムシなんでも、いとしげに手のひらにのせたり、つまんだりは、いたしかねる。いまだに少年の目をもつ今森光彦さんでも、クモやアブラムシを手づかみにするのはいやだそうで、少し安心した。

今はやりのヘアヌード写真が男をくすぐりつづけるように、造物主は、よくも昆虫の果てにまで生殖欲を配布したものだ。『昆虫記』は児童用だが、生存（食う）生殖（産む）の実態に、実にするどく写真で迫っている。たとえば、水面にでている気の杭《くい》でタガメが産卵している。一回の精液量が少ないので、オスは他のオスを水中で警戒しながら、何度ものぼっていっては、産卵中のメスと交尾をくりかえしては離れ、メスはその分だけまた産卵し、あげく、メスは去り、オスは孵化《ふか》まで卵が乾かないように世話するのだ。親権が、産卵直前の交尾者にあるというのは、昆虫自身にもわかりやすくていいが、メスは産卵直後まで、オスは孵化まで、と拘束期間が配分され、終われば、オスはイモリの体液を吸ったりして体力をつけ、またメスさがしだ。

今森さんの一冊に、『空とぶ宝石トンボ』がある、その中に、比叡・比良から琵琶湖までの児童画風の鳥瞰図《ちょうかんず》がある。中央に今森さんの仕事場がある。その地図にため池の多いのが、トンボの多産原因だ。大津市は九十種以上いて、日本一だよという。こどもの好奇心の未来に環境へのおもわくをみている。

鴨鍋

鴨鍋《かもなべ》は、鴨の粗削《あらそ》ぎした骨をみじんに砕いた、タタキというダンゴを、すこしずつ湯に入れてダシをとる。師走に入ろうとしてにわかに寒くなると彦根の宿で二十年前に味わった鍋の、そのときの女将《おかみ》の手つきが思いだされてくる。いや、そのとき同席していた神戸の金物商の詩人中村隆の、丹前姿《たんぜん》でどっしりと座っていたのが、さきである。私たちは皆貧しかった。鴨鍋ははじめてだった。詩人でもあるその女将にツケにしてもらって鍋をかこんだのである。中村隆は、十月三十一日に脳梗塞《こうそく》で死んだ。その鍋をかこんでいたもうひとりの詩人Nから私は電話を受けて、入院するすこし前から、手がふるえてペンがもてなくなったのを聞いた。享年六十一歳。同年であるが、疑いなく、彼の方がよく生きた。

二十年前、私たちは不安と恍惚《こうこつ》のなかで、詩人でありたいと思っていた。同人詩誌を交換するなかから、地方で鋭い詩を書く同年輩の詩人を名指し、そうして集まった十人ばかりが、年に一度、日本のどこかで集まって飲んだ。泣きだす者もいたし、組み打ちする者もでた。容赦ない批評を交わした。中村隆も一度深夜に号泣した。

彦根での鍋は、横浜からの帰りで、関西の三人が、もう一泊して飲みなおそうということであった。そのときはNが泣きだした。若い女と恋におちたというのである。その子細はともかく、要するに、まだ自分には制御できない情感があるという噴射状のありようだった。経済的に大きな打撃をうけたあとでもあった。

それをなんだかぶ然と聞いていた中村隆は（ドスのきいた低い声の持ち主だったが）「おれは大恋愛をして女房と一緒になってから、ほかの女は知らんし、いうことないわ」といった。そのときのつまらなそうな顔を、私は妙に忘れない。私はNの感動よりも中村隆の無感動に衝撃をうけたのであった。

中村隆は、一度倒れて以来、会合にも出ず、杯も手にしなかった。神戸新聞で週に一度、誠実な書評を書いた。明晰《めいせき》を旨としていて若い詩人の信頼を集めた。『詩人の商売』という詩集で日本詩人クラブ賞を受けた。

一度だけその金物店を訪ねたことがある。びっしりと金物にとりまかれていたが「近くのスーパーの値が、うちの卸値より安いんや」といった。上がった間に夫人がいた。

詩と書

がむしゃらに詩を書いていた三十年も前のころ、私たちより二十も年長の、いわば安定して「詩人」と呼ばれていた人たちがいた。(いつでもそういうものかも知れないが)。時には、そういう明治生まれの人たちの酒宴に紛れ込むこともあったが、どうしても及びようのないこととして身に沁《し》みていたのは、飲み屋のママがとりだした巻紙に、さらさらと妙筆を走らせる芸であった。画家や染色家がいつも同席していて、しょうゆを筆につけては、巧みなデッサンを配していた。ワープロ世代の今日、そんな風景には出合えなくなってきたが、ついに文人ふうの色紙も書けないままに、当時のその人たちの年齢を越えてしまった。

そういう私のところに、滋賀県近代詩文書作家協会の代表の方が訪ねてきて、「大野新の詩の世界」というタイトルで書展を催したいという申し出があった。東京の同協会に私の作品がとりあげられていたので、それを地方で拡大してみたいというものらしい。思潮社の現代詩文庫の私の詩集から、会員がそれぞれ詩句を切りとってくるのだが、どういう文言を採るかについての相談の余裕はないという。

これには少しこだわらざるを得なかった。作品の一部を切りとるからには、全体としての作品の含意《がんい》は無視されることになる。現に東京の場合では、例えば二十五字に制限して、その改作は作者に責任をとらせている。部分を独立させるための添削の要はあるなと思ったが、漢字と仮名の釣り合いなどの視覚的な効果も、詩作者と書家とではひらきがあることだし、結局は面倒を避けてお任せすることになった。

書家たちが念願としていたNHK大津放送局ギャラリーが借りられて、三月十二日、初日の夕刻、閉館後の懇親会を兼ねて出掛けた。あらかじめお願いしていたように、書の下に詩全体の拡大コピーを添えてもらったので、興味のある観客の用には足りた。さすが書家の文字である。悪筆の私の目からみて、それぞれに興味があったが、詩の作者の私としては、これは決して私の詩の世界ではないな、という気がした。それは逆に快感であった。私が封じ込めようとした意味から解放されて、本来の言葉に戻っている。書家たちの選択は残るだろうが、言葉には詩人の超えられない、本来の力があるのだ、ということを妙に実感させられた。

一過性脳虚血発作

予兆はなかった。宿酔ともいえなかった。わずかな頭痛はあったが、平静な午前七時の窓あかりの中に目ざめた。ＮＨＫの朝のテレビニュースがはじまっている。そのアナウンスが突然平調をうしなった。隣の女性アナウンサーとのやりとりが、打ち合わせずみの了解事項のようにはこばれている。こんなニュースを誰が理解できるだろう。まわりを見る。いつもの乱雑。本の山。

毎朝の習慣で、階段口まで娘をおこしに行く。娘の名がでてこない。私から消えている。「おーい」と呼ぶ。二、三度で「はーい」とくぐもった反応がある。なんでもない。なんでもない。郵便受けに新聞をとりに降りる。平衡はとれている。世界の傾きもない。ピテカントロプスやペキネンシス以来二本足で立つ秩序だ。脳量が今の三分の二だったことなど、私の頭を掠《かす》めもしない。「起きろよ」。妻の部屋の前でいう。言いながら……妻の名前も消えている。

新聞をひろげる。レイアウトが面の安定となってこころよい。プロの技術。ところが何ひとつ読めない。ハングル文字でも、アルファベットでもない。日本語というまでの認識だ。

起きてきた妻や娘の前で落ち着け、落ち着くんだと思う。

〈どうもすこし変だ。新聞の字が読めない。お前たちの名前もでてこない。〉

言葉となってこぼれるままに言おうとする。言えない。つかえている。はじめて、言葉にするためには、みえない回路があることに気づく。いくつかの角がまわりきれない。

「日本は、どうなっているんだ」

という声になる。なぜ?　妻が友人の神経内科医に電話をしている。すぐ病院に運べという。娘の運転する車の窓から看板文字が見えるたびに読もうとする。うまくいかない。だが、何がどうということはない。看板の目的、効果、巧拙、限度、迷いはない。病院に入って、外来で待合の三時間、文字の四面四角のつっぱりが融けていくのを感じた。声をあげて一文字一文字読みあげる稚なさ。最後まで読みにくかったのは、「正面ホール」だった。

「頭頂葉に、角回という文字中枢があります。そこを通る血流が不全だと、失読という症状があらわれます。」

〈何のためにわれわれは管内のごとき存在であるのか〉

北村太郎の詩の一行が、脳梗塞《こうそく》を免れた私の頭のなかで明滅した。

恥あれこれ

〈うしろめたい〉という思いなしに詩を書いてきたことはないな、とかねて思っている。先日出会った安西均氏が、加賀の千代女《ちよじょ》作と伝えられる「朝顔につるべとられてもらひ水」を読むと、何だかはずかしい思いがするんだね、と話されているのを聞いて、いささかうなずくところがあった。

安西さんは、その日の集まりの詩誌に、「蟻《あり》の列切れ目の蟻の叫びをり」という中条明の句と、「蟻の屍《しかばね》をありのひとつがふれて居る」という西尾桃支の句を引用した詩を発表。引用にも批評の目が問われるな、という思いを強くした。

人情家を売りものにする下心は、何となくはずかしい、一見つつましい千代女の句にしても、と、いう述懐は、これを感じるか感じないかで、詩作者を踏み絵のように分けるな、という思いにさせたのだった。

当日の詩誌にのっていた林堂一氏の「胸」というエッセイはもっと露骨に私を仰天させた。氏は、戦後の就職難の時期の日本電信電話公社の入社試験で、体格の似ている高校時代の友人のレントゲン検査を、頼まれるままにかわってやったというのである。当時の窮鳥の心境がまざまざとよみがえってきた。

昭和二十年四月、朝鮮に居住していた旧制高専校の受験生は一括して京城で試験を受けた。陸軍士官学校の身体検査ですでに肺結核の露見していた私は、何とか受かりたい一心で、ごったがえっている会場を幸い、遊び仲間の中学校同級生に、文字通り胸を借りたのだった。

林堂氏とは逆の立場だが、とにかく危うい切ない時代で、目の前のことさえすり抜ければ、と思っていた。過ぎてしまえばバカなことだ。すり抜けたばかりに後年、大喀血《かっけつ》し、二十歳代の後半を手術に明け暮れたあげく、家族を貧困に追いやり、母を中風で死なせてしまった。タレントの子息の替え玉事件を笑うどころではないのである。

林堂氏への依頼主は、ひょうひょうとして、おあともよろしく、定期検診でさっさとひっかかり、療養所の裏山の池で蛙《かえる》釣りをしていたとあるから、無事大幹部が天下りの道をたどっているだろう。

一方、私の替え玉となってくれた友人は、一時期、中国新聞のタイトルの下に毎朝、広告を出す不動産会社の社長をしていたが、引退して大きな相場をはっているという風聞になり、それも消えた。悪口は聞かない。

腹中服従せず

二十歳をすぎて大病をした。腸結核をともなっていて、血便をしぼる思いでいたころは、消耗をくいとめる術《すべ》などまるでなかった。衰退の極みで、父が末弟を連れてお別れに来た。なにごとも忘れがちでいるが、信楽のサナトリウムの病棟のあわいの空き地からの白い反射光のなかで、五十数歳の父が黒っぽく立っていたのはおぼえている。父の心象のかげりだと感じた。

二度目の死生の境目には平常心を保てるような自信が何となくあって、養生らしい養生もせず生きてきたが、過日、一過性脳梗塞《こうそく》の症状がおこり、四十年ぶりに入院した。友人がその方面の医者で、ことのついでに、内臓のチェックをしてくれた。腹部エコーの検査の際に、胆のうにポリープがありそうだ、という診断が出た。結石が確認され、その動揺で皮のうが厚くなっており、茄子《なす》のようなかたちが、瓢箪《ひょうたん》のくびれをもっている。影が濃くて見分けにくい、ということだった。ＣＴも受けたが、あいまいさは同様で、結局、ＥＲＣＰしかないな、ということになった。カメラをのむわけである。すい蔵をなぶったあと、急性膵炎《すいえん》をおこす危険性があり、病院と自宅との距離を聞かれた。

二、三度お会いしたことのある富士正晴さんの生涯を思いうかべた。医者が嫌いで、なるがままを通した人で、下の前歯一本を残置させていた。かねて、上手に死んでみせる、と言った通り、ウイスキーをあおった翌日、心不全でひとりで死んでいた。七十三歳。作品の質、量といい、作家として過不足のない生き方を通した。医者の松田道雄さんが、そのとん死をほめていた。

考えてみれば私は医者にさからったことがない。胸部で二度、腹部で一度、手術をやろうとすすめられれば従っている。カメラをのむのは初めてだが、私と並んで、いたいけな、かぼそい少女がのどの麻酔を受けているし、入れ歯をはずした老女も静かに口を開けて待っている。だれだって嫌々ながらの受苦である。だが私にはひそかに感嘆の思いもあった。消化器の構造図でみれば、肝臓、胆のう、すい臓、を通る管が一本となって十二指腸につながっている。カメラの側からいえば胃、十二指腸、とすすんで、そこで狭き門を見いだし、さらに枝わかれしてすい・胆にいたるわけである。苦しい検査の結果は、胆管が頑としてカメラを拒み無効であった。内臓の中で一カ所、私は富士正晴氏を飼っているのである。

懐かしい顔　新しい風

秀吉の都市改造政策によって、洛中に散在する寺院をこの地に集合させた、というのが寺町のおこりであり、その西隣の御幸《ごこう》町は、やはり秀吉が、伏見城から御所に参内する通りということで名づけられた。

時代は下って、私的なことだが、昭和三十二年の暮れから十五年間、私は御幸町御池上ルの軽印刷の店に勤めた。当時は、イギリス製の輪転機によるタイプ印刷がもっぱらで、市役所や府庁の仕事も、謄写《とうしゃ》版（ガリバン）によるものから、タイプへと移行しようとしていた。社長は飛騨から上洛した詩人で、戦後の詩集・詩誌発行を多く手がけ、明治生まれの詩人がよく出入りした。肺病の病みあがりで、詩人になりたい一心の私は、印刷工急募の誘いにすぐのった。

昭和四十年に第二詩集『藁のひかり』をまとめた時、私は、寺町二条上ルの「三月書房」の店主宍戸恭一さんにその一冊を献呈した。見とおしのよい奥の座でパイプ煙草をくわえて、何となく視線のこわい人だが、詩書に見識のある方だった。声価のある詩書はたいてい置かれていた。思いがけず評価していただき、かなり売っていただいた恩恵がある。新刊書は、他に若林書店だけで、大体が、古本屋とか、古美術・骨董・古典籍の老舗《しにせ》が多い。看板も、右から左に彫りこまれて、墨色のあせたものが多い。

元永堂・芸艸堂・竹屋・尚学堂・清課堂・古梅園・安尾京栄堂・松本松栄堂・藝林荘、古風な看板を目のすみに感じながら、かつて私は、古典の教養のなさと貧乏とを身に沁みて感じていた。重いガラス戸が閉じ、奥に老店主が眼鏡をずらして和綴の本に見入っている。

梶井基次郎は好きだったから二条通角の八百卯は、檸檬《れもん》の伝説をぬきにして見たことがない。でも平凡になってしまった。今この通りが若い女性に受けているらしい。戦前戦中は三高の学生と府一（府立第一高女）の学生との、当時なればこそ、ひそかな、すれちがいの妙味をかわす通りだったそうだが、今の魅力は何だろう。そう思って改めて眺めてみると、新しい明るいギャラリーがずい分ふえている。石の彫刻展を主としている珍しい店もある。

紙司「柿本」と「一保堂」とは、創業が弘化二年（一八四五）と弘化三年だそうだが、その伝統と現代的対応がうまくミックスしている。和紙の専門店柿本には色の氾濫があったし、ランチョンマットとして和紙を売り込む工夫もあった。一保堂ののれんの中には、見えかくれする感じで、外人と日本女性とが、しずかに茶を味わっていた。丸太町近くになって、十九番札所・革堂《こうどう》や下御霊神社が、なまの古さで、通りを締めている。寺町から寺が追いだされていく、最後のふみとどまりのようでもある。

詩がようやく私たちの世代のものになりかかった頃、ここをぬけた丸太町川端の居酒屋「青鬼」と、後に南の姉小路寺町東入ル「ふじ」とが、われらが梁山泊だった。高見順賞やH氏賞の詩人たちが何人もでた。

シンマイ大学講師

　ＪＲ沿線にも桜が咲いて見ず知らずの学生たちといきなり、顔をあわせる時がきた。といっても生涯はじめてのことである。私は正式な資格に欠けている。今年度から大学はいろいろと模様がえをしているようで、選択課目なども増やしたらしい。水上勉や桂枝雀などが、非常勤講師に迎えられるというのも、新しい傾向のひとつである。

　私にも思いがけずＢ大学からそういう声がかかった。英文学と国文学に早くから名を馳せている詩人をかねた教授がいて、カルチャ講座に私を推挙してくださったのも、このお二人だった。今度は、創作を希望する学生たちのために「文芸」という単位を用意しようというわけである。この大学は、今年からセメスター制を実施することになって半年で単位を取らせることになった。

　半年で作家を保証されるなんてお笑いもいいところだが、私としては、定年年齢となってからこういうすすめに出会うとは、と心が一瞬、華やいだのも事実である。

　ところが、最近、私は大阪の先輩詩人・井上俊夫の「井上式〝私語研究序説〟」という衝撃的な作品にお目にかかった。

女子十一人の姓名を呼びあげ、教壇の前に一列横隊に並ばせる。授業中に私語はしてはならんと常々、注意しているのに、その態度は何か!! 先生をなめとるのか!! かっての軍隊での「帯皮バッチ」をやってやる。今日を限りで大学の講師をやめるつもりの私は、マスコミや父兄が騒ごうと平気だ。これが年来の私の悲願だったのだ。

ざっとこんな内容である。これから私が始めようとする試みに、いくらカイギャクとはいえ、井上俊夫は悲憤慷慨、のたうちまわっているのではないか。

そういえば私もカルチャ講座の最中に男女学生数人に乱入(大学のはからいであったようだが)されたことがある。中、老年の受講生が振り向いて、目でとがめるなかで、堂々と普通の語調でしゃべるのを経験したことがある。

四月八日、そのはじめての講座にいった。人数も内容も見当がつかなったので手ぶらで行った。バスに不慣れのため少し遅れた。建物をいわれてうろうろした。教室に入ると七人だけだった。創作というので、定員を制限したらしい。詩の希望者のなかに、敦賀の友人・岡崎純の名をあげる生徒がいた。地味ないい詩人を知っているので嬉しかった。二回目の十五日も彼らは一語も発しなかった。

直震・余震

大震災から九日後、私は軽い脳出血を経験した。歩いている最中、たたらを踏む感じが襲ってきてうずくまると、右手指にじんじんと痺《しび》れが走っていた。左足の不随感を従えるようにしながら、小銭感覚にとまどう指で切符を買い帰宅した。

CTスキャンでは、出血がはっきり写し出されていたので納得せざるをえなかったが、地震の報道が連日、連夜続いている中で、私の恥ずべきひそかな感覚は、たまたま小磯良平佳作賞（五十万円）を受賞した友人と地震直前の十四日、吹雪の六甲アイランドを高い窓から見下ろしていた身の震うような場景に戻っていくのである。

大回覧車が遠く見える海際まで、ぽつんと走っているモノレール。建つべきビルの区割りだけがされている広大な埋め立て地。それは人間の叡智《えいち》の自然に立ち向かう見取図そのものだった。「海中の岩盤深く鉄筋を突き立てているので、びくともしないんですよ」と説明してくださる人もいた。

最近、面識のある宗教哲学者が地震に関して「これを天譴《てんけん》（＝天罰）と呼びたがる宗教的な傾向があるが、それは間違っている」と警告をしていた。時宜《じぎ》にかなった意見だろう。

　私は五日間、とりあえず入院して止血剤を点滴注入しながら安静にした。その夜ふけの熟睡中、ベッドから落ちてセルロイドのごみ屑《くず》のふちに顔を埋めた。極めて小規模ながら地震を追跡して血まみれになった。

　笑止のことだが、天譴とまでは言わずとも、こういう罰を受けるべきことは、自分の身体のどこにでもあると思うのが人情である。地震の直前にとり上げた新聞の月評欄で相野優子という詩人の二行「わたしは／素性の知れない宇宙の小さな相似形なので」という行には、予知感覚があったのかと思った。

　地震後の詩人の報告はすさまじい。「持ちあげられて、たたきつけられて、激しく振りまわされて。なんだ、これは。立つどころか、這《は》うこともできない。ものが飛び交う。落下音、打撃音、破砕音がつづく」（安水稔和）

　本を凶器と呼んだ高橋徹は「そいつたちが納まっていた本箱どもが／最後にのしかかったとき／おれは完全に押さえこまれた／そいつの一冊の尖《とが》った角っこが／おれの右目を執拗《しつよう》に狙ってくる」と書いている。

凶器としての本

私は何となく、所蔵数はともかく、真に書物を愛惜している人間は、詩人に極まるのではないかと思ってきた。読書量ならぶ人のない大岡信さんは、自宅の本のあい間に起居しながら、それでは間にあわず、大きな出版社の書棚を、わが整理用に活用していると、人づてに聞いたことがある。近江詩人会の創始者で奇人ぶりを伝えられている故田中克己《かつみ》さんは、本の購読については夫人を泣かしつづけた人だったし、先年なくなった天野忠さんは、ひそかな遺書のなかに、愛蔵書を列挙して、「心して売るべし」と書かれていた。一般には貧乏詩人が多いので、古本屋行きになるとしても、随筆の端っこに、言い訳めいた言葉をのこす人もいる。自宅の風呂《ふろ》場を書庫にして銭湯に通っていた安西均さんがそうだった。読んでいる本をあげるだけで、関心のむかい方がピリッと伝わってきた。

読書とはそういうものだと思ってきた。二十歳代に結核で六年寝た間も、それ以後もそうである。それが愛撫《あいぶ》するように読書してきた、その同世代の仲間から、今度の大震災に際しては、書籍が、凶器そのものとなる異変を聞かざるを得なかった。

〈わたしは書斎へ入るのがこわい。本と資料とレコードとCDが飛び交い、移動式書架がレールからはずれて、コピー機もオーディオ類もなにもかも、落ちて倒れて崩れて。〉

という長田区の安水稔和さんの記述を読んだのは、この京都新聞の紙上であった。安水さんは、書籍の保存整理のために、自宅の大改築をされたばかりの人ではないか。

先日、私の住んでいる市で、市立図書館の定例協議会があった。神戸の図書館の例がまず話題になった。公共の建物だから、本の整理はさておいて、被災者の避難所にあてられた、ということであった。当然だろう。でもその話題が、本もいずれはマイクロフィルムのような保存形態になるべきじゃないか、という議論になった時は、おやおやと思わざるをえなかった。防ぎようのない天災はいたしかたない。製本技術がすすんで、かちっとした箱入り上製の本の角などは、飛んでくれば容易に凶器となりうるだろう。けれども、文字をもたない民族が、いちはやく滅んでしまったという既往に遡《さかのぼ》らなくても、文字と読者とのつきあいは、撫《な》でるように珍重しながら読んだ時代から一歩も進んでいない。そういう態度しか精神化される道はのこされていない。

震災のニュースのなかに、被災した児童のために絵本や童話の本が贈られたという記事が、ちらっとのっていた。食べ物とか風呂とか水や電気などの緊急の記事にくらべれば、本当にちらっとの記事である。

詳しくは知り得なかったが、これは図書館の対応であったのだろうか。

本の飢餓を感じ、本の山のなかで埋まって暮らしたいというのが私の青春時の夢だったが、夢醒《さ》めてみれば、出版公害といわれる時代である。それに軽くなりすぎて本が飛びまくる現実である。

言葉の入江

ある大学で「言葉と人間」を講じて、二年目になる。はじめは、必要文献を照合するので手いっぱいだった。チンパンジーと人間との咽頭《いんとう》の位置のちがいなどの基本的なことを知ったり、ゴリラが、いちはやく人間の系統樹から外れていることを知ったのも、最近である。

そういう私のところに、思いがけぬ材料が到来した。近くに嫁いでいた娘が、女の子を出産したのである。五カ月齢に近づいていて、今の講座の段階、母音の発生をみるのにはまたとない機会である。

私には二児の体験があるが、病身に加えて、生活費におわれていた。かてて加えて、詩作などという放埒《ほうらつ》ごとにのめりこんでいた。子供の乳児の頃《ころ》の記憶があまりない。友人や弟妹から孫のかわいさを何度となく聞かされてきたが、あまり納得したことはなかった。客観的にみれば、それは単なるジジ、ババぶりである。仕事場でえらそうにふるまっている弟も、孫にむずかられると気軽に公園まで抱いていく。
はじめ、おそるおそる抱いた時の感触は次のようであった。

視点を据える力がなく
ねむりの間合いを
目が泳ぐのが
昼間の月のようで
太古から来たな
と思った

舌がふくらんで口腔《こうこう》いっぱいにふさがり、まわりが真空状態になるように乳首をつつみこんで吸いあげる。手押しポンプの理で、三カ月間鼻呼吸しかできない。肺活量の弱い乳児の初期は、気管にものが入って窒息死しないよう保護されている。

こんなことを、なるほどな、と思いながら見ているジジイも少ないだろうが、その時の乳児の呼吸法が、おのずからチンパンジーと類似されるのは、進化の、ある交錯点を感じさせる。
三、四カ月齢までは、目を合わすと無条件に笑う。笑う淵源《えんげん》がどこにもみあたらない。こんなふしぎなこともない。
だんだん足でふんばろうとし、小さな小さな指を操作して、指間の交わりを求めようとする。うまくいかない。急にもちあげて耳たぶにふれる。すでに爪《つめ》がめだつ。

四カ月齢になって、首がすわり、咽頭の位置が安定し、はじめての声がわりをする。今まで聞いたことのない、抑揚のある、長い、息におしだされた声をだす。

感情のこもっているようなその声を連続的に聞きたいと思うが、こちらの意にそうようにはでてこない。泣きべそをかいている時、ア音やイ音やエ音が、悲哀を綴るように流れだす。

相互同期的反応（インタラクショナル・シンクロニー）や共鳴動作（コ・アクション）は母親のものだ。ぴちゃぴちゃいう口唇《こうしん》音はジジイの役ではない。イナイイナイバアをためしたら、べそをかいた。あわててやめた。彼女の想像力のなかには、リスやカンガルーや熱帯雨林の原猿もいないだろう。

しあわせの他愛なさ

孫のかわいさに理屈をつけても仕方ないが、「人を愛しもせず　人からも愛されず　それが長年のなれっこで淋《さび》しいともおもはず」といってきた金子光晴が「この皺《しわ》づらをしたって抱かれたがる。／いまだに僕は　信じられない。よその誰かのしあはせをそっと失敬しているやうで　そはそはとおちつかない」（「しあはせの弁」末尾）と歌っている。

当時、二歳と七十歳の生命がおなじ世界を共有しあっている不思議さの実感だろう。日本にふたりといいなかった自我の意識者が、無防備でまっさらな生命の芽にふれて、はじめて「しあはせ」を語ったのである。

別に金子光晴の権威に頼ろうとは思わないが、私自身にも初の孫娘ができて六カ月余り。やっと意図の発生をみかける時期で、笑顔にうれしさをあずけているところがかわいい。ちょっと静観性も出てきて、一分ぐらい顔を上向けて抱いている相手を見つめる。口は半開きで目はまたたきもしない。人見知りの初期だろうか。鏡のある間へ行くと、距離間が安定するのか全面の笑いとなる。自分を認めるのには十九カ月かかるそうだが。

先日、詩人の集まりで心があつくなることを耳にした。思わず声をかけて、繰り返しお話ししていただいたのだが、一年二カ月になるお孫さんを砂浜に連れ出して、広々と見はるかす中で遊ばせていた時である。昂奮《こうふん》して定まらぬ足取りで泳いでいた子が、ばたっと倒れた。転んで、仰向けになって当然のことのように泣き出した。

折から、そのあたりは湖水に反射する大きな夕焼けであった。その子は、ふっと泣きやめると、そのままじっと空に向かい合っていたが、つと立ち上がり、転んだ地点からあとずさり。もう一度、助走をつけるかのように、その地点まで行って倒れて、仰向いた——というのである。

この見間はおばあさんによるものであるが、泣きやめてあとのことは、きっと沈黙の中で推移したに違いない。父母とともにある光景であっても一向にかまわないが、金子光晴が「しあはせ」と呼ぶ共有する世界は、ながい人生遍歴の一結論が片側にあり、喃語《なんご》からようやく模倣語や自発語に移りつつある幼児が、言葉とならない自発的な驚きを見せた対照とみてこそ美しい。

ほどほどに制限してあるビールも飲みおえて、マットが干したままとり入れていないことに気づいた。表からでようとすると、気配に敏感な一歳半になろうとする孫娘が追いすがってくる。右手足は軽い脳出血以来痺《しび》れがはしっているが、裏口までのことだ、少々の暗がりに不自由なこともあるまいと高をくくっていた。左手に抱きかえて、右手でマットをつかむ、それ以後のことが分明でないが、ぬいぐるみの鯉《こい》のようなまるみが、すべって仰向けに泣き声をあげていた。あわてて抱きあげて明るみにでると、頭頂横一線に血がにじんでいる。下はコンクリートであった。

娘に渡して、「どうしよう、どうしよう、ごめんな」などと無益なことばかり呟《つぶや》いていた。娘がいろいろと電話連絡をとって、幸い外科手術をおえたばかりの当直医のいる済生会病院に連絡がつき、レントゲン検査の結果事なきをえた。

二日後、ある会でそのことを話すと、身におぼえのあるおかあさん方がいて、口々に話された。震えのくるその一つは、横断歩道でついてきているはずの四歳児が信号の入り口に残っていて、「動かないで！」という遠くからの制止もわからず、折から発進した車に擦過《さっか》され、側頭部を陥没させられたという事故だった。言語中枢を圧迫され、ひとことも言葉を発しなかったそうで、陥没をひきあげる手術をしたとたん声がとびだしてきたという。

孫は今、爆発的にことばの出る時期である。きりん・りす・うさぎ・とりなどという絵本やペット店店頭での知識の即時模倣やら延滞模倣をとりまぜて、あとは難解な情動で絶えざる文脈をまきちらしている。

私の困った顔にであうのが、ことさら楽しみのようで、ペンをとりあげる、ぶあつい広辞苑をめくる、本を棚から落とす、引き出しをあけてかきわます、等は卒業事項である。机上の眼鏡をとりあげて、蔓《つる》の根元を折られた時は、九千円の実害であったが、彼女の精神が波だった様子はない。

今大学で、「言葉と人間」という講座をもっていて、三年目である。同居するようになった娘夫婦の子は、前述の一歳半の女の子と、五十日齢の男の子で、比較しながら講座の具体例を目前にする機会は、二度と適例としてはないことである。下の子に喃語《なんご》がでてくるのはまだひと月以上かかるだろうが、上の子は、毎日ちがっている。

先日、うっかり机のうえに放置していた鋏《はさみ》を手にしていた。裁断する実態は知らない。が私の困りそうなものだと察している目つきで、丸い穴に片手ずつかけて開いてくる。あわててとりあげようとしたはずみに、中指の腹がひっかかるのと、しまる勢いが重なった。血が噴きだすのを孫は目にした。

抱きついて泣きだしたことに、加害の意識などという面倒なことは考えないが、「どうもない、どうもない、大丈夫」といいながら泣きしきる顔をみていると、大粒の涙が、つぎつぎに盛りあがっていた。

Ⅱ　名所旧跡行

草津のさくら

しゃ断されたとき、人はなにがなし、そのしゃ断を超えようとしている生き方に気づくものだ。

石段をのぼりきって堤防にでて、乾いた白い砂の道で、私はいつも、すこし身ぶるいする。堤防の走っている姿はなんとなく滑稽でよたよたしている。そこには過信しているときの自分の歩きぶりがある。

左右の展望？　平凡な街だ。しゃ断の遠くで岩を嚙んでいる波が見えるわけではない。そんな展望は消すことだ。目を閉じるといい。街は遠くの方からうらがえってくる。そして堤防の白いつらなりが、今度はくっきりしたイメーシで瞼のうらにやきついてくる。

そのときだ。人は花吹雪を感じる。

しじみ飯――十一月のうた

障子しめて四方《よも》の紅葉を感じをり　　立子《たつこ》

石山寺本堂内陣の「源氏の間」の紫式部の座像は、いまちょっとそんな風情にみえる。須磨・明石の巻の着想を得た八月十五夜の参籠という史実が、この座像となって、月の方角に対座しているのだが、いま、この伽藍山《がらんやま》ではしきりに紅葉が散っている。大きな錦鯉の泳いでいるいくつかの池にも、人形の掌《てのひら》のような落葉がおやみなく降っているのに、全山の紅葉はまだまだ寂《せき》として燃えている。

――瀬田川ぞいの紅葉がすこし黒ずんで、おわりをいそいでいます。

南郷洗堰《あらいぜき》に住む女性からの便りで心せかされながらも仕事で忙殺されて、でかけられなかった。本来が、花や紅葉、月や雪を、ちゃんと見ようとする性格ではない。がらになく、月々の季節随想をひきうけて、いわば素材にせかされて、ふらっとでかけるようになったものだが、こういう強制はたのしい。

十一月二十三日の休日は、紅葉狩りには最後の好天にめぐまれたようである。石山駅から、石山寺を通りこした石山小学校前までバスで行き、瀬田川ぞいに引きかえした。高一の娘をともなっていた。はじめてのことだ。

〈はじめてといえば、一か月ほど前に、私ははじめて娘の頬を打った。

俺はおまえが好きだ。放任しているのは、おまえの性格が好きだからだ。なぜ、その信頼を外れたがる——というようなことを口走っていた。翌晩、手紙が置いてあって、「私もおとうさんが好きです」という言葉ではじまっていた。〉

なぜか、対岸の紅葉はそれぞれ、完璧な、といっていいほど、終焉まえの紅蓮《ぐれん》の炎樹であるのに、こちらの沿道の樹は、もう紅葉の気どりを捨てている。川をへだてて、こう対照的なのもおかしい。顔ひやひやと風が渡っていて、釣人たちも厚着仕立てである。妙に外人とすれちがう。そのたびに娘は「ハロウ　外人」と呟《つぶや》いている。はやりの言葉らしい。

貧寒となりかけた沿道から、石山寺の絢爛《けんらん》に踏みこんだのはよかった。本堂の高みまでのぼると、杉にたちまじる楓の重層が一望となり、その一望のなかで、透視できる一面針のような落葉である。本堂の外陣《げじん》は淀君の寄進になる桃山建築で、舞台造りになっているが、その舞台からみる秒速の落下は、いかにも淀君好みに思えてくる。ある種の悽愴《せいそう》、ある種の荘厳、ほろびのまえの豪奢なたちくらみ。

入場料が三《マ》百《マ》円。すぐに勾配となり、石段となり、本堂にあがる石段脇には、寄進料の人名碑が連れそっていた。壹百圓、貳百圓という額から萬という額となって、ぽんと高台へ。内陣にあがろうとすると、二百円が必要で、ここで解説のおばさんがついていてくれる。

「網を張った柱からこちらが、約八百五十年前の建築で、半分は落雷にあったが、ここはそのまま。建てかえなし。県下ではいちばん古いんです。

ほら、ここに菊のご紋章がありまっしゃろ。その扉のおくに、勅封のご本尊如意輪観世音菩薩が岩のうえにいてはる。高さが五メートル。秘仏で、拝観できまへん。三十三年に一度しか開扉《かいひ》なさらん。この前が昭和三十六年やったさかい、次は昭和六十九年。あと十一年後や」

といいながら、おばさんは私の年齢をみさだめるような顔になる。なぜか、ふっと胸をつかれる気持になる。あと二十年、あと十年、あと五年……秒速の落葉がみえてくる。

下山したあたりの食堂で、しじみ飯を食べながら娘がいった。

「内陣のくらい部屋を一巡したとき、なんや知らんけど、歴史の穴ぼこに落ちたようでどきんとした。十一年後、私、もう一度行く。感動した」

感動?!　感動という言葉をつかうことに、私は怖気がでてきている。生理的な経験が、感動をひとつずつ遠ざけている。だが、娘が感動という言葉を使ったことは情感の発動のようでうれしかった。甘っちょろさは承知のうえで。

ひとり用の小さな釜で炊かれたしじみ飯はこげめまでついていて、しみじみ慈味、としゃれたくなるような味である。

京滋　詩のプリズム より

幻住庵跡

歴史や地理にくらく、八方素人の人生を、無駄に過ごしてきた思いがする。そんな私に、素人なら素人なりの好奇心で、歴史の落穂拾いをやってみてはどうだとすすめる物好きな記者がいて、ひまはあるので、うっかりのってしまった。詩的な視野など望むべくもないが、非才ながら詩以外のことに通用する能もない。そこで思いだすのが「終《つひ》に無能無才にして此一筋につながる」という文で知られる芭蕉の「幻住庵記」である。

ＪＲ石山駅から京阪バス国分《こくぶ》団地行きのバスに乗って、国分町でおりる。道標にしたがい、あとは山手にそうように舗道をめぐると、にわかに山に登る石段があらわれる。近津尾神社という石標と幻住庵趾という木標があって、「麓《ふもと》に細き流を渡りて翠微《すいび》に登る事三曲《きょく》二百歩」という幻住庵記の出だしの文につながっている。あがれば無人の境内だ。拝観料をとる受付もない。

先《まず》たのむ椎の木も有《あり》夏木立

の椎の木とはどれなのか。

芭蕉がはじめてみた庵は、よもぎや根笹が茂り、屋根は雨もりがし、壁は落ちて狐や狸のねぐらになっていたとある。芭蕉門下の膳所藩士菅沼曲翠《きょくすい》の伯父さんが住み捨てて八年になるという庵である。

林のしずもりのまた山となる斜面に、ささやかな径《みち》があり、それをのぼると柴折戸《しおりど》ふうの戸を構えた奥に、幻住庵を模したような庵《いおり》が建てられている。基礎やら窓のガラスやらは、やむなく今風にしてあるが、ひとまわりしてみると、外側に厠《かわや》がある。かなり考証のゆきとどいているもののようである。戸はないが奥行きがまっくらで、もぐりこむと足をふみはずしそうでおっかない。

芭蕉は痔瘻《じろう》に苦しんでいたそうだが、昔腸結核で苦しみ、二十年も下痢から脱出できなかった私には、そのことが気になって仕方がない。厠をのぞきこんだのもそんな懸念からだが、この、白昼まっくらな厠に、蕉翁はながながとしゃがんでいたことだろう。

この庵に住んだのが元禄三年、四十七歳の四月六日から七月二十三日まで。四年後に没しているので、そう丈夫な身体だったとはいえないだろう。「楽天は五臓の神《しん》をやぶり、老杜は痩《やせ》たり」と想像しているのも、詩聖たるものそうあるべしと思いこんでいたのではなかろうか。白楽天は七十四歳まで悠揚と生きていたようであるが。

白い葱三本
壁にしなだれ
勝手のひとすみには
椀三つばかりに
菜刀いちまい
研ぎのきいたひかりよう
米入れる瓢《ひさご》ひとつかるく吊るされている

などと芭蕉の江戸の住い（深川芭蕉庵）を想像したことがあったが、この庵には、もちろんお勝手らしいものもなかったろう。「幻住庵」には、たまに元気な時には、谷の清水を汲んできて炊事をする、とあり、住いも、屋根を葺《ふ》きかえ、垣をつけるのは当然だが、それ以外は仮の住いとして、炉が一つ、持仏を安置するための一間、夜具入れの場所があればいいという主張である。木曾の桧《ひのき》笠と越路の菅蓑を枕の上の柱にかけているのは、「旅人とわが名呼ばれん」

人にふさわしい。

幻住庵趾を坂道の方に下ると、つづきに隣の山にのぼる石段が配されていて、頂に国分寺の総立者としての聖徳太子をまつる、新しい堂宇がある。ここからの眺めは絶佳で、「幻住庵記」の言葉を極めた讃嘆が、さえぎる枝もなくひろがっている。三百年前の相で、さらっと俯瞰《ふかん》したいものだ。

三井寺

乞食坊主の路通《ろつう》が、はじめて芭蕉にであったのは、今私の住む中山道守山宿のあたりだという。尚白宛の芭蕉書翰に

火桶抱てをとかひ臍《ほぞ》をかくしけり

とあるのをみると厳冬うすっぺらな衣一枚で、あごを埋めんばかりに火桶を抱いている狂隠者の風貌がおのずとうかがわれる。その路通は当時三井寺山内に寓居していた。

あてどないしるべを路通に託し、園城寺《おんじょうじ》（三井寺）大門の前にたつ。立看板がある。

〈円満院は、天台寺門宗並びに総本山園城寺から戦后《せんご》分離独立され、無宗派単立寺院となられ、三井寺とは現在何の関係もありません。園城寺又は三井寺とまぎらわしい名称を用いて行われている行事についても無関係……〉

三井寺は火と水の祭壇である。火はもとより、比叡山延暦寺の僧兵どもが疾駆して攻めきたった焼打ちの暴挙からくる幻想としての火炎である。多少の記録を読むだけで、その乱のすさまじさは忽ち《たちま》、目前の長等山《ながら》を一面火の海にする。堂内にあるいくつかの不動明王も、まるでその遺恨の喩《たと》えのように、坐るものも立つものも、歯をむきだして背に火焔を負っている。特に永保元年・保安二年・保延六年・応保二年・建保二年（一〇八一―一二一四）の山門派の焼打ちは凄惨で、保のつく年号には、三井寺の炎上があるといわれた。

もちろん焼打ちばかりではない。弁慶などと英雄視するのは後世のこと、いわはアメリカあたりの暴走族のような異形《いぎょう》の堂衆《どうじゅ》が、なぎなたなどをふるいながら、山をかけ下るのだ。

最澄にはじまる円仁（慈覚大師）円珍（智証大師）の天台の高僧の門流の派閥的対立が、こういう近親憎悪になるのは、現代でも左翼からやくざまで類例にこと欠かぬが、堂宇ばかりか、唐から帰朝後招来した経籍などを一瞬に灰にするのを思うと、当時の想像力は何を支える力があったのかと茫然《ぼうぜん》となる。

水というのは、目の鎮めである。閼伽《あか》井《い》屋の湧く水と琵琶湖との照応だ。私の訪れたのは夕刻であった。参詣《さんけい》者もほとんどいなかった。歩きながら気づいたのだが、閼伽井屋の一隅で、かばっ、くぼっ、と水の湧く音が、金堂や三井の晩鐘あたりの高み全体の地盤をゆすりあげてでもいるような、低く、万遍ない質量の声帯となってひびいている。嵌殺《はめころ》し（開閉できない）格子戸からのぞかれる水は、釈迦のこぶしのような突出をくりかえしている。天智・天武・持統の産湯《うぶゆ》として使用したので御井《みい》と尊称し、智証大師が密教の三部灌頂《かんじょう》に用いたから三井となったという由来があるが、こんな高みで音を聞いていると、壬申の乱このかたの悲嘆を超低波で伝えてきた声のような思いがする。

上に孔雀園があって、うちあわせたように突然五、六羽が鳴く。妙に甲高い。妙《みょう》とか荒《くわう》とか含意の音にも聞こえる。

荒という含意は、さしずめ弁慶鐘だろう。文永元年（一二六四）の焼打ちの際、弁慶がひきずって延暦寺まではこんだというといわれがあり、打ってみると「往《い》のう　往のう」としか鳴らないので、山から蹴おとされて戻されたという。鐘のつぶつぶがとれたり欠けたりしているが、伝説自体に、外国の城のような陰惨なリアリズムがない。謡曲「三井寺」の狂気の母も、乳房がわりに目玉をわたす蛇の説話にも救いがあるのは、受難のたびに、それをのりこえる信仰の喜捨があったからだろう。

西国三十三カ所第十四番の札所観音堂に来て、湖を見おろすと、この火と水の祭壇には月の配慮がいることがよくわかる。人が去ったあとの幽冥の伝説を月が照射するのだ。

三上山（近江富士）

私たちの子供のころには常識だった天孫降臨という言葉に、中年層以下の今の人はなじみにくいだろう。記紀神話で、天照大神の命を受けて高天原《たかまがはら》から日向国の高千穂に天降ったニニギノミコトの国造りの説話だ。以前信州に旅した時、宿の窓からの風景で、前面は暮れながら、鹿島槍の裏がわだけ、雲のあい間を洩れる光がすじ状にふるのを見た。思わず「テンソコウリンだ」と叫んで笑われたが、子供のころの絵本の効用はおそろしい。

三上山頂の奥宮でひさしぶりにその文字に接した。孝霊六年（二九六）六月十八日未明に、天照大神の孫の天之御影神《あめのみかげのかみ》が三上山上に降臨された、とある。由来はそのまま麓《ふもと》の御上《みかみ》神社の成立になるが、奥津盤座《いわくら》と呼ばれる山頂の巨大な岩盤から見はるかす風景はすばらしい。私の住んでいる守山の町から、かなり広角のびわ湖、そこからきり立って比叡に連らなる比良山系と、実にのびやかである。

さえぎるもののない平地の山だから、毎日その秀麗さを仰いでいるものの、わずか四百三十米《メートル》である。びわ湖の土で富士山をつくり、そのあまりで作った山だという説話もある。拒絶的でないから、まわりの住民の、一方的な、運命的な視線を無雑作に抱きかかえている。

昭和二十年暮れの韓国からの引揚げのときと、それから四年後の八月、麓の野洲川で泳いで喀血《かっけつ》したときには、三上山がそばにあることが、わけ知らずありがたかった。

肋骨《ろっこつ》を五本、上から十数糎《センチ》ずつ、ばらりと切りとる手術で胸を扁平《へんぺい》にし、空洞をつぶして私は退院した。併発していた腸結核の病みやつれで、がりがりだった。同じころ退院した詩の友人の沢柳太郎が、山麓に一間きりの小舎を建ててもらって療養していた。見込みのたちようのない詩を書いていて、著名な詩人の知りあいとてなかったが、おたがいだけはライバルだと思っていた。

いちにち雪の降るのを見ていたからか　夢のなかにおおきな耳が垂れていたりした

は、当時の沢の詩の断片だ。まもなく、彼は詩を断念して、大阪の兄さんの事業に参画し成功しているが、俗な成功がふりこぼしていったこの感傷の断片は、いまだに私の心象のなかにある。三上山の登山口あたりに立つと、小舎におおいかぶさりそうな、大きな霊異のものの耳たぶを感じる。

ぽつんと孤立しているから、神話や伝説、あるいは史実のどれを拒み、どれをとるという選択はできない。肺活量のすくない私は、表参道の急坂は避けて、女子供の登り道だという裏道をたどらざるをえないが、あがり口に、天保義民一揆の指導者であった三上村庄屋土川平兵衛を顕彰する天保義民碑がある。幕府検地役市野茂三郎が五尺八寸（一・七五メートル）の間竿に六尺（一・八一メートル）の目盛をつけて検地し、大飢饉《ききん》当時の農民を苦しめたことから起こった一揆で、たつ者四万人、遂に検地を十万日（二百七十四年！）延期さすという証文をかちとったという百五十年前の史実である。

俵藤太秀郷のムカデ退治伝説が有名で、御神山の尊称がムカデ山となったり、山頂付近の岩盤のくばみがムカデ穴と呼ばれたり、一揆で追われた市野茂三郎がかくれたという「姥の懐《ふところ》」があったり、虚々実々大らかであるが、七巻き半のムカデの胴がちぎれとんで落ちた一か所が、火祭りのある守山の勝部神社。私はそこで貧しい結婚式をあげた。仲人が安土の詩人、故井上多喜三郎。神社も当時は貧しくて、渡された祝詞《のりと》に大分前の夫婦の名前が記され、多喜さんはそれを私たちの氏名にかえて、音吐朗朗、神域をふるわせた。

安土城址

雄鶏の首をひねる
ぎょろりと目をむいているそいつの　羽毛をむしる
じゃけんになれたそのしぐさ
手にあまった抵抗が
急に抜ける
私はとまどう

神さまこれでよいのでしょうか　（「慣」部分）

　この詩を書いた井上多喜三郎の家は、安土の老蘇《おいそ》の森の近くにあり、出身校の校庭には詩碑がある。今は碑上の桜のやにで黒ずんで文面さだかではない。昭和四十一年四月一日、京都の問屋に仕入れに行こうとして、彼は、安土駅への近道を塞《ふさ》いでいたトラックの後尾で、自転車からおりた。とたんにバックした車の下敷になった。即死だった。享年六十四歳。今年は二十三回忌にあたる。お盆の前に墓詣でをしようと、今でも「老多呉服店」とある子息宅を訪ねると、その子息は自動車事故で足を骨折して入院二カ月目であった。慄然《りつぜん》とした。

　花をささげたのち、沙々貴《ささき》神社にたち寄る。難攻不落の山城だとうたわれた繖《きぬがさ》山の観音寺城にこもって信長軍を迎えた第十二代城主佐々木義賢《よしかた》・義弼《よしすけ》父子は、箕作《みつくり》城を一日で落とされた勢いにおびえて甲賀へ逃げ、三百九十年間六角氏の本拠としていた城を失うのである。

　その足で安土城址《し》へむかう。駅前では、発見された天守閣の見取図にしたがって、観光のための八角壁面の模型が建設中だが、町にふみこんで北へむかうと、人の影なく、炎天下、かんと音のしそうな往来である。家並みはあるのに、書割のなかを進行している気分になる。城下の低湿地を埋め立てして町を拡大し、妻子もろとも士卒を移住させ、十二カ条の定《さだめ》を下して、まず楽市・楽座を布告、他国よりの移住を奨励するなど、一気に城下の繁栄を図った信長の短気・焦慮がもとにもどったしずけさである。

三重塔のすばらしい信長の菩提寺、摠見寺《そうけんじ》からの石段はいかにも急なので、大手門にまわる。城の正面からのぼりはじめると、一九九米《メートル》の山ながら、石垣、石段の配置や曲折が、なるほど天下の大名に布告して築城させた最初の城にふさわしいものだということがよくわかる。私の優柔にも油断にも、きっと身構えている。低い地に秀吉の邸址《やしきあと》、高い地に森蘭丸の邸址があり、その間に織田の諸侯の名が認められるが、山腹の僅少《きんしょう》の平地にどんな邸があったのだろう。が、鉄砲の時代の到来をいち早く予感し、火薬に対峙《たいじ》するのに石垣で一山を固めさせた土台が、今日まできちっと残っているのは、天下に武を布《し》いた象徴として、五層七重の華麗な天守閣より、もっと本質的なことを伝えている。

高みで鳴くひぐらしは、平地で聞く声とはおもむきがちがう。八幡山、長命寺では一層のことであったが、最初の出だしを、炎暑に腹をおしつけるように、力かぎりしぼりだし、あと短く尾をひく。信長、秀吉、浅井長政、淀君に秀次。僅《きん》々数人の栄華、怨恨、痴情の沙汰《さた》を昆虫の表現を以てあらわせば、このようなものか。

二の丸あとに、秀吉の建てた信長の墓がある。四囲を垣でとざしているが、端然とした土台の上に、少しひらたい大きなたくわん石のような石がのっているだけだ。思わず落柿舎《らくししゃ》の去来の墓とくらべたくなった。その簡素を説明する高札があるが、私はむしろ、愚直の武をあわれむ秀吉の諧謔《かいぎゃく》を感じたものだ。城が平地化したあとの余裕であろうか。

天守閣は湖に反照させながら、これも豪壮な坂本城と相応ずるように炎上した。その炎の下には、殻をぬいでは地上に身を挺していく蟬の大群のような幻の爬行《はこう》があった。

紫香楽宮跡

いつもふりかえって
ながい廊下をみていたのだった
ななまがりむこうの病室に
好きな女がねている

配膳車のなかで
食べのこされた魚の骨が
さびしい翼《ウイング》を気どり

子をうしなった背のひくい寡婦が押していた

（「廊下の記憶」部分）

四十年ばかり前といえば、ひとりの一生にとっては大過去になる。私は草津線貴生川《きぶかわ》駅から、信楽線にのりかえて、次の雲井駅で下車。歩いて十五分の国立療養所紫香楽《しがらき》園に入った。昭和二十五年はじめから三十年まで、私にとっては二十歳代のまるまる五年間だった。結核患者で満床で、「死が楽園」と呼びたいくらい死者がでた。

木造四棟の平屋のあの病棟は今はない。現代の整備された総合病院になっている。車がいっぱいなのも、昔の風景ではない。ただ、ぐるっと回ってみると、普ながらに「職員以外立ち入らないで下さい」という立て札がある。前の松林は、夕食後しばらく軽症の男女が散策する場所だった。松のあわいの空地、白い砂地、近く遠くひびいている小川、池のまわりの山ゆり、筆竜胆《りんどう》。恰好《かっこう》のしのびあいの空間であったが、これも軽症同士のこと、一歩病棟に入れば、肋骨の五・六本も切除した男女が、片方の肩をぐらりと傾け、溲瓶《しびん》をぶら下げて歩き、戻った枕《ちん》頭《とう》でこそっと痰《たん》をはいていた。

早くから廃線をいわれていた信楽線は、住民運動が実って、信楽高原鉄道として復活した。かつては煙をふきあげて、ナンダ坂、コンナ坂と登っていた煤《すす》まみれの車輌が、一輌か二輌つづきの電車にかわり、洋室まがいに両びらきの白いカーテンまでつけて展望を楽しませる。切符はワンマン・バスの要領で、ＪＲとの接続証明用の自動チケットがある。

駅も増えて、貴生川の次が紫香楽宮駅。ここから山手にむかって赤松遊歩道を歩くと、宮跡を訪ねるよりも容易に千二百数十年を遡行《そこう》できそうである。聖武天皇は山背国《やましろ》に恭仁京《くに》を営むやいなや、はげしくこの土地に恋慕している。恭仁京を首都ときめて、すぐ、そこから東北のこの地へ道をつけさせたのである。

私などは逆の方からしか道の便宜を考えないが、京都府相楽郡《そうらく》を流れる木津川の支流和束川に沿って北上し、県境湯船峠を朝宮に出て、雲居川《ママ》ぞいに信楽の北端に達する道である。

そのはげしい恋慕を想像しながら松原を歩いていくと、たちまち澄んだ水が白い砂洲をひろげ、いたるところで屈曲し、そこで瀬となり、かなたで小瀑布《ばくふ》となっている。この水は大戸川《だいど》を形成しているが、流れのままにみごとな松原を養育し、天地の鎮めとなっているのが、おのずと納得できる。神域を感じさせる風景だといってもいい。

地震だとか、天然痘とか、藤原広嗣の乱とか、聖武天皇に安寧の日がなく、信楽の景観を聞くと矢も楯《たて》もなく、恭仁京を放っておいても、それ道を開け、離宮を建てよ、大仏造立にかかれ、とせかされる気性は、いわば、わがままな権力者を思わせるが、おかげで反対者多く、何もかもつくりかけで終わってしまった。

大きな自然石の礎石のならぶ宮跡（甲賀寺跡といわれる）は、仏教立国への焦燥が、かけぬけていったあとである。いまでも天平の松風が吹く。

石山寺

正倉院文書「信楽殿壊運所解」によると、紫香楽宮造営後二十年を経て、火災後なお残った宮殿は、大戸川から瀬田川を運ばれ、石山寺の建立に使用されている。木材の運搬には、堰《せき》をつくって水をため、人工的に鉄砲水を走らせておしながす上古の方法があるのをテレビで見たが、大戸川でそんなことができるのかしら、とぼんやり思っていた。瀬田川の南郷洗堰に住む詩の友人に、「そこらの川の接続でもちょっと見たいので、自転車のレンタル屋さんないかしら」と電話で聞いてみたら、「夫の休みがとれたので、車で案内してあげる」という、幸運な仕儀になった。

現代のやたらとダムのある川に上古への想像は及びようもないが、連絡経路の具体を見るだけでもありがたい。

大戸川を遡行《そこう》して信楽に出、帰りは信楽川にそって鹿跳橋《ししとび》での合流をみた。ちょろちょろした始源の水が、奇岩をさらしながら川底をうがち、あるいは岸を裂いてふかい渓流となる。そしてついには平たくなって大川に合体し、瀬田川、宇治川、淀川となる川の身上の吐露《とろ》をすこし聞いたわけである。せばまったり、深くなったり、ごろごろの岩だったりの川がどう役だつのかは、分からぬままだった。それでもあの信楽の台地に、東海・東北・北陸三道二十五か国の調庸《ちょうよう》がおくられひしめいていたわけである。なだれのような人力の川下りを、やたら思ってみるしかない。それにしても、川は人の営為のあとを無心に消去する。

石山の石より白し秋の風

芭蕉が山中の那谷《なた》寺の石山の白さをみたとき、まず石山寺が思いうかんだということに、芭蕉の執着を感じる。それに、「奥の細道」のその前段（三八）は、七十三歳の白髪を染めて勇戦し、討たれた実盛を哀悼して、義仲が願状をそえたという多太神社の兜《かぶと》に感じた

むざんやな甲《かぶと》の下のきりぎりす

である。

「奥の細道」の「白」は慟哭《どうこく》の「白」だという安東次男の説に従って、この「甲の下のきりぎりす」も「秋の風」も、その執着を、晩年の幻住庵や義仲寺の地域にひき寄せてきてもいいかもしれない。

石山寺はまことに岩の山であって、石段をあがると珪灰岩《けいかいがん》の巨石が三つある。二つは立ち、ひとつは臥している。白い縞目《しまめ》が走っている。地色は藍味《あいみ》のあるうすずみだ。良辨《ろうべん》僧正が夢のお告げに従って湖南の地に来てみたらこんな突兀《とっこつ》とした岩があったわけだろう。奈良の大仏を荘厳《しょうごん》する金箔《きんぱく》がいるというので、大岩の上に聖武天皇の本尊をいただいて秘法を行った。やがて陸奥国から砂金がでて、朝廷に献上されたが、結願《けちがん》後、どうしても本尊が岩から離れない。その岩ごと如意輪観音を囲ったのを本堂として、今日に到っている。三十三年に一度開扉《かいび》されるが、次は六年後である。僧兵を置かなかったことと、菊のご紋章のおかげで兵火だけはまぬかれ、今の建物は九百年前のものである。

二百円おさめて内部へはいると、以上のことや紫式部の参籠《さんろう》の間の説明がある。私の時には、くわしい気さくな寺僧で、

「この寺は淀君の寄進によるのですが、三井寺さんは、北政所からですわ。見栄のはりあいもあったんですかな」

とつけ加えた。

石山寺正面は、崖《がけ》で床下が高く、みごとな舞台造りである。宮造りを素朴にみせる土台柱が十数本縦に並んでいる。柱一本一本の礎《いしずえ》の石は、まさしく紫香楽宮跡でみた石だ。あの地の源流から、水をすくい、手をひたし、水流を辿《たど》ってお参りにきたんだなという思いがした。

永源寺

十五、六年ばかり前、詩人の清水昶《あきら》が訪ねてきて、やはり若い詩の友人の車で永源寺に行ったことがある。長距離の車に弱い私は、着いたとたんに嘔吐《おうと》したものだった。妻も死んだ息子も一緒だった。痩せていた私が蒼白《そうはく》な顔で、蠟芯《ろうしん》のようにふりあおいだせいか、一樹の赤がそのまま炎だった。その一樹だけが記憶にあった。
だが、八日市からのバスをおりて、こんにゃくなどを売る店を見ると、なんとなく思いだした。愛知《えち》川にかかる赤い橋の中央から上流を眺めると、目が勝手にズーム・インして、ふかい峡の紅葉の絶景にせまってしまうことも。

大歇橋《だいけつ》という、雲水が俗と縁をきる境を渡り、石段を百あまり登ると、左側の石の崖《がけ》に釈迦をさまざまにとりまく十六羅漢がいる。表情もさまざまで、歯を出して笑っているものもある。苔《こけ》の経過が重なっていて、古い制作であることは判《わか》る。応仁の乱の折、逃れてきた五山の学僧にはまみえたか、明応元年(一四九二)の兵火や、一五六四年の小倉右近太夫の放火は見たか。石の目は、りんかくばかりで眸《ひとみ》がない。羅漢は、修行を完了した存在だが、衆生済度《さいど》にはむかわず、隠遁《いんとん》して身ひとつを全うする行者だ。焼尽する僧坊も、炎上する紅葉のごとく、生死《しょうじ》長夜《ちょうや》のまぼろしとみたか。

さらに百五十米《メートル》ほどあがると三門がある。私の炎の樹の記憶は、ここをくぐってまむかった一樹であった。三門の内側右隅に小さな階段がみえる。写真集でみると、この階上に釈迦如来と十六羅漢像がある。禅宗のいわゆる「宝冠の釈迦」、つまり螺髪《らほつ》ではなく髪を結いあげて宝冠をかぶせた釈迦や、顔の造作がリアルで大きく、筋肉むきむきで、衣裳の前をはだけた羅漢である。釈迦はともかく、羅漢は石の方が私の好みだ。

永源寺は、近江源氏の出である近江守護佐々木氏頼《うじより》の懇請で、寂室《じゃくしつ》禅師が七十一歳で開堂された。氏頼の法名が崇永であったことから、その永と源氏の源で寺名となったわけである。開祖寂室を尊崇する気配は一山にみなぎっていて、詩偈《しげ》や遺偈《ゆいげ》が、よごれればすぐ書き直すような形で方丈（本堂）に貼ってある。

屋後の青山
檻前の流水
鶴林《かくりん》の双趺《そうふ》
熊耳《ゆうじ》の隻履《せきり》
又是れ空華《くうげ》
空子《くうし》を結ぶ

というのが遺偈であり絶筆である。墨跡は今に残されていて、手の震えも読みとれる。一、二行は今のこの環境だが、三行目は釈迦の入滅に間に合わなかった弟子の迦葉のために釈迦が棺から両足をだしてやること、四行目は中国の熊耳山《ゆうじさん》に葬られた達磨大師が三年後片方のくつをもってあらわれ、ために棺には他の片方しかなかったという故事をふまえて、空の花に空の実がなるとしてある。署名花押《かおう》の上には亡僧と既に名乗っているのもすごい。

こんにゃくのさしみもすこし梅の花

方丈の東隅にある芭蕉の句碑である。

山々の錦繍《きんしゅう》のなだれや永源寺ダムを遠くにみてから、大歇橋の外に出た。私にはまだ、又是れ空華、空子を結ぶ、と眼前の錦山流水を抽象する気にはなれぬ。席を川原につきだした吹き抜けのセルフサービスの店で、こんにゃく田楽《でんがく》を肴《さかな》にビールを飲んだ。芭蕉の句の「すこし」には冗談ではなく、「すごし」の含意があるらしい。ビールを追加し、三切れ入りのこんにゃくをゆっくり賞味した。川に散ったもみじが、ひとところに集まり、ついには縒《よ》れあって、紐《ひも》になるのをみていた。

坂本（石の唄）

どんな石でもいいというわけではあるまい。
扁平で、つまり扁平足のように不細工だが安定していて

背負い板で運べるほどの重量で
つまり、激流になめされた手ごろな質量で
緊密な重力を持つものなのだ。
そうして――石は人類よりも黒く老いた。
（略）
わたしが去ったあと
まちがいなく
残っているのだ
石は
そこに。

（足立巻一「石のおわり」）

この詩のことを考えながら歩いていたわけではなかった。まず、坂本の石は川石ではなく、山の石だろう。坂本の町を歩いて、穴太築《あのうづ》き、もしくは穴太積みといわれる石垣をあれこれ見てまわって、床にはいってから、今年三度目の「夕暮れ忌」を終えた足立巻一さんのことを思いだしたのである。石を拾い集めるのが好きな人だった。第二詩集は『石をたずねる旅』と題された。ねながらそう思いだしてみると、特にお近づきを得なかったけれども、今日一日、すこしは生前の足立さんの心に触れたな、と思ったのだった。死者の記憶をともなうように、紅葉もおわりを急いでいて、濡れてもいいぐらいにそれとなく雨も降っていた。ただ、芯にとおる冷えがのこった。

坂本の町には、古い家がところどころにある。最澄生誕の地という生源寺《しょうげんじ》のむかいを南に入る道を地図では「作り道」といって、入った所が鶴喜《つるき》そばである。江戸天保年間の創業らしい構えで、二階の屋根の上に、入り口のはばだけの、みこしの屋根のようなのがのっている。通りには、白い倉がのこっていたり、縦桟《たてさん》の大きな窓や、二階の高い位置で閉めきった細長い雨戸があったりする。

西へむかう道はすべて坂で、石垣道がつづく。権現の馬場をのぼる。つきあたりに急な石段があって日吉《ひよし》東照宮がある。日光東照宮の前に雛形として作られたもので、なるほど派手な極彩色だ。グリーン、ブルー、赤、茶、黄褐色の頭上の彫刻を仔細に見ると虎であり龍であり、獅子・猿・鳳凰である。

この高みからふりかえると琵琶湖が銀のしずまりをみせている。心を据えれば、馬借の昔や、山王神輿の強訴、信長の焼き打ちなど紅葉の俯瞰《ふかん》は一気に激化するだろうが、慈眼大師《じげんだいし》天海僧正がこの東照宮を造営したころから、血の気の多かった山はしずまったのだった。

慈眼大師は家康、秀忠、家光に仕え、焼き打ち後の復興に力を注いだ人だ。黒衣の宰相といわれて権力をほしいままにした様子は、廟所《びょうじょ》である慈眼堂から滋賀院門跡を訪ねてみると納得させられる。滋賀院の小堀遠州の作庭は西教寺のそれを凌《しの》ぐものがあるし、展示されてある座主《ざす》用の鎧《よろい》やかごなどの美々しさをみると、腕をまくってのし歩いたというかつての荒法師ぶりも想像できる。だが何といっても傑出するのは滋賀院の豪壮な石垣である。苔《こけ》が愛撫《あいぶ》する石組みは、大らかで緻密《ちみつ》で、権威的な反《そ》りがある。

思いはおのずと穴太衆の運命に及ぶのである。観音寺城も長命寺、長光寺《ちょうこうじ》山、伊庭《いば》山などの石をあつめた安土城の、天下規模の初の石垣を、焼き打ちされた後も、穴太の職人は黙々と築いたはずである。死後何世紀も残るものとして。だがルイス＝フロイスの『日本史』に安土城に次ぐ豪壮華麗さをうたわれた坂本城が、最近まで位置さえわからなかったのはなぜだろう。城主明智光秀は焼き打ちのあと西教寺を復興し、城門・梵鐘を寄進し、善政をひいたといわれている。本堂の左側にあるみかげ石の自然石に、なぜか大きく曲がって南無阿弥陀仏と刻まれているのが光秀の墓だが、坂本城の領民によって築かれたおびただしい石が、安土城との比では考えられないほど雲散霧消したのはなぜだろう。あるいは石の心を聞くという穴太衆が、ひそかに解体してこの地の礎《いしずえ》にまぎらわしているのではあるまいか。

外村繁邸寸見

福山聖子さんの、近江の古い町並みデッサン展の案内がきっかけであったが、展示されている五個荘町近江商人屋敷・外村《とのむら》宇兵衛邸にでかけた。同時に外村繁邸をみせてもらおうというのも念願だった。

九月二十三日はいろんなイベントの開催日で、展示のあるどこに出入りするのも自由であった。合羽《かっぱ》に旅衣装の飛脚姿や丁稚《でっち》姿がうろうろしていて、町の内部の人たちだけによる盛りあがりようをみせていた。

私は特に近江商人の内部に入りこむ、きっかけをもたないが、外村繁の小説は好きだった。私小説のなかに、きりっとした骨格があった。太宰治のようにわるびれなかった。自分の性的感覚の描写に、あえて躊躇《ちゅうちょ》をふみこえたところがあって、いつまでもういういしく、どきどきさせた。

外村繁邸は、宇兵衛邸ほど豪勢な敷地の庭はもたないが、かちっとまとまった庭を前にし、二階には、松の幅広い一枚板の床の間や、四方に山を廻《めぐ》らせた居間がある。この一間だけでも凄《すご》い。勉強部屋は、こぢんまりして壁と襖《ふすま》で仕切られている。

小説はどのように読まれてもよかろうが、外村繁が『草筏《くさいかだ》』で書こうとしたものは、父の色欲によって、主人公が六歳のとき、おもり役の若い娘が死児を産み、そのあげく狂気にはしらされたことを知り、「分限者《ぶげん》の子」として恐ろしい罪業を負わされていることにはじまる。

「人人は大人も子供も二つ目には『分限者の子』『分限者の子』といふ。分限者といふものはそんなに悪いものなのであらうか。がそれとても自分の知つたことではない。若《も》しや自分の身体の中には何か目に見えぬ恐《おそ》ろしいものが潜んでもゐるのではなからうか。」

ひるがえって、私の父は、現韓国に渡って写真業で一代の小成をした。多分安い給料で、十数人の従業員を抱えていた。三階建てのスタジオを目抜き通りに建てた。色の白い華奢《きゃしゃ》な子が、いじめられっ子になる筋書きの一部は、勝手な読者としては、同じように受けとっていた。父は色欲の罪は犯していないが、植民地で成功する者特有の、いわれない民族的優越感は持っていた。それは長く負い目となった。

近江商人屋敷のある街川には、澄んだ水に鯉《こい》が泳いでいる。いかにも人工的な川だ。

『草筏』では、庭の池で鯉をかっている。孤独な主人公（晋《すすむ》）がここで目高《めだか》（方言で浮《うき》んちょ）などを相手にしているところは、唯一といってもいいくらい抒情《じょじょう》的な文になっている。こんな何気ないところに、幼児の経験がいきている所も好きだった。

白い花びらをつんつん突いている目高を見て、晋が鯉の餌《えさ》の麩《ふ》を粉末にして撒《ま》くと、「目高らは思つたよりも大きな口を開き、巧みに麩の屑《くず》ばかりをついついと吸ふやうにして喰《た》べて行くのであつた。」「目高らは（花びらを）遊んでゐたのだ。」「此《こ》の思ひつきは晋を幸福で有頂天にしてしまつた。」

この池には小蝦《こえび》や蟹《かに》や川沙魚《はぜ》や、鋏《はさみ》を持った土色の変な虫まで、時代がかってでている。

石塔寺を訪ねる

石塔を見よう、とふと思った。韓国から引き揚げて四十三年目だが、天智天皇八年、百済が亡びて、七百余人が帰化した蒲生郡の石塔寺のことは何となく気になっていた。

日頃縁のない近江鉄道にのって桜川駅に着く。初夏の陽が満ちている。はじめから歩くつもりだから、タクシー内でねそべっている運転手に案内を乞う気はなかったが、それにしても、道しるべは何もない。往来の人にたずねた道をそのままに、田んぼの中にでた。二十センチほどの稲の一面の緑のなかで陽が動いている。トンボが陽の波動そのもののように顔や胸にくる。

「今は田の道がどこにも通じているから、ほら、あの赤い屋根をめざして行けばいい」

村の人の感覚で歩きながら、文化招来の感のある帰化も、当時難民であった百済びとにとっては、単純な想像で辿《たど》れるものではあるまいと思われてくる。わずかの荷を盗まれながら、引き揚げてきた私の体験が、推測を刺激する。

石段をのぼりつめると、たしかにぎょっとする風景だ。中央の巨石の三重の塔は、司馬遼太郎の目がとらえた「朝鮮人そのものの抽象化された姿」だ。

「面長扁平の相貌を天に曝《さら》しつつ白い麻の上衣を着、白い麻の朝鮮袴《ばかま》をはいた背の高い五十男」と、この三重の塔を見立てた作家の目には全く感服してしまった。丘の麓《ふもと》で買ってきた缶ビールを飲みながら、鐘つき堂の蔭にすわって、私は小一時間ほど塔をみていた。塔をめぐって、小さな五輪塔がひしめいており、また、頂上を半周する山道には、信州で見かける道祖神のような石仏がおり重なっている。こうして外へひらかれる形象が私たちのなじみに化している。帰化的な変様とみてもいいだろうし、こちらから迎えるかたちとみてもいいだろう。

ここに至るまでの道に咲いていたアレチノギクや野あざみ。下の寺の庭の海芋《かいう》や蓮の花。今こもごも鳴いている鶯《うぐいす》と蟬《せみ》。じっと初夏の茫洋のなかにいると、名に託した祈りや、司馬遼太郎のいわゆる「渡来人たちの居住区宣言＝テリトリーソング＝」が判ってくる。阿育王塔《あしょかおう》の由来よりもその方が私には親しい。

帰路の長い炎天の道をあるいていると、おりから桜川東小学校の下校の時間で、すれちがう生徒が口々に、「ただいま」という。「おかえり」と思わず返しながら、この挨拶の帰趨《きすう》する所が、まるであの奇妙な塔の居住区＝テリトリー＝に思えた。末裔《まつえい》の声のような気がした。

西教寺客殿

伏見桃山時代の旧殿であって、豊公の臣、山中山城守橘長俊の奥方や、敦賀城主大谷刑部《ぎょうぶ》小輔《しょうゆう》吉隆公の御母堂寺が、大檀越《おおだんおつ》つまり大ダンカとなり、慶長三年極月《ごくげつ》に移転建立したものらしい。勅願法勝寺で、薬師如来を安置してある。

歴史という非情な動きは、大きな殺しあいのあとで、当時のおもいを凝集したこんな建物をときおり今の私達に伝えている。当時の人々にとって、その建物は、逃避であったか、悲しみの慰撫《いぶ》のためであったか、あるいは無常のこころの具象化であったか、それは判らない。私たちの戦後意識ではすでに断絶のあるかたちである。ただ残された建物にはなにかしら発散に耐えているものがある。無意味化にしきりにあらがっているものがある。つまりは表現ということであろうか。門を入ろうとして、私はこういう声を聞く。

待ちたまえ　人はいない　どこにもいない
信仰にかかわっていた人たちは死んでいる
人の去ったあとの建物は　一梁一柱すべてをあげてただ表現というかたちだ
桜はその外側で咲いたり散ったりしている。

Ⅲ　文学をめぐって

受賞のことば

肉体をかりそめのものと思ったことはなかった。私は肉体をささえることで、ながい間精神をいじめてきたような気がしている。肺結核や腸結核の心理的な負担からのがれてきた昨今になってようやく、ある歌人が「魂の鞘《さや》」とうたった位置へ、肉体をつれもどしてきつつあるのだろう。

「家」がH氏賞を受賞しえたのは、幸運であるというほかはない。私には溢れでる才能がない。「家」の内容も僅《わず》か十九篇で、うち三篇は収録に不満があった。マイナー・ポエットであることを自認せざるをえないが、自認のうえにたつ節度は考えてきた。かりそめにして、かりそめならず、という思いは、いましばらく私を引率するだろう。

詩集「家」のなかにいる私のこと

ずい分前に坂口安吾の「白痴」を読んで衝撃をうけたことがある。彼は私がもっていた「家」という概念から全く遠いところで、「家」のなかに住んでいたのだった。つまり、食器棚はおろか、茶わんさえ不要な青春の時期を送っていたのだった。

また、ある時期に読んだ詩人田村隆一の蔵書に対する考えかたも、少なからず私をおどろかせたことがある。二、三の辞書をのぞいて、彼の書棚には、いわゆる蔵書の意味で本がおかれていたことはないというのである。いい本であればあるほど、すぐ他の人に読ませてやりたくなって、あげてしまう。つまらぬ本は売るか捨ててしまう。読んだ本は記憶の自然に従って、どんどん忘れてしまう、というのが、ある時期の田村隆一の生活であった。もちろん、これらは一時期のことであるが、無所有ということが、ほとんど本能に近い人たちを、私は、ある驚異をもってながめたのであった。

私には「旅」に対する憑かれるような思いをもったことがない。家族も一切の所有もうしなって、自分自身の破砕を賭けて、未知の場へおもむこうと思ったことがない。ある文章で次のように書いたことがある。その思いは今でも持続してある。

〈私のなかには、なにか決定的に「旅」に対応できるものが欠落している、と思うことがある。それは、いわば詩人が生来、いや応なくもってしまう飢餓感の根拠のようなもの、一所定住の安心を内から破ってしまう魔のようなものにちがいない。一所定住を安心と思ったことは、一度もないけれども、均衡をうしなって、鉄砲水のように、おのれも他人も破砕しながら、一気に定住をぶち破ったことは私にはない。学生時代は別として、長い療養生活以後の私は、職業にせよ、住居にせよ、かりそめの形をかりそめの思いのまま保ちながら、十数年を経てきた。このかりそめのこころを漂泊と呼ぶのは強弁だろう。そういう根のところで、私は詩人ではない。〉

今度「家」という詩集で、H氏賞をうけたが、「家」という主題でまとめるよりは、「家族」という主題でまとめることを考えながら、ぽつぽつ詩を書いてきたのだった。私は量産できるゆたかな才能をもっていない。わずか十九篇の詩集のなかには、はずしたい作品が三篇ふくまれている。主題にそわない作品がまざっているのは、全く才能不足のせいであるが、いざまとめることになって、「家族」という主題よりは「家」という主題のほうが適切であろうと、ふと気づいたのであった。そのときは漠然とした直観のようなものによったのだが、考えてみると、私は「家」を、わが所有というふうに執着して考えること、感じることがあまりない。数年前に、多少改築して二階建てにしたが、その設計に腐心したのは、家内であって、私はひとことも口をはさんだことがない。書斎らしいものができれば、そこに坐っているだけのことである。「家」というのは、私にとっては、ある便宜、あるかりそめの枠のようなものだ。だが、この「枠」という思いで「家」を考えてみると、このなかで過ぎていく時間だけははっきり見えてくる。現在八十歳の父は刻々死に近づいているし、高校生活を終えようとしている息子は、刻々見知らぬ人間になっていく。そのとき、かりそめの「家」という枠のなかにいる私は、「家族」というかりそめの連帯のなかにいる「人間」にであうのである。そういう関心は、ときには冷いと思われるかもしれない。でも、私小説的な形をとった、いわゆる私詩とでも呼ぼうものが、パブリックな内容へ昇華しているとすれば、この視点をおいてはないだろう。

湖友録より

死から詩へ

「私は昭和二十四年の夏、野洲川で泳いでいて、突然喀血《かっけつ》した。血は水のなかにおちると急にスローモーションになって、弁のながい水中花を開いた。あの時私ははじめて魂で水をみた」とかつて書いたことがある。

この一種の洗礼が私を湖国の人間として定着させたのだ。昭和二十四年といえば、私が今の韓国から引き揚げ、旧制高知高校から京大へ入学したばかりの年であり、地縁をかりそめのものとしてしか考えていなかった時期であった。

ストレプトマイシンもないころの国立療養所紫香楽園では、連日死者があいつぎ、腸結核の私もその順列のなかに組み込まれていた。鼓腸の低音を日夜聞く世界は実に消耗的である。じりじりと迫る崩壊への反発もあって、佐藤佐太郎氏の門下として三年間短歌を書いた。短歌結社の「歩道」支部が療養所にあったからだが、その形式に絶望して勝手に詩に転じた。具体的にはひとりの詩人も知らなかったが、療養所内で詩のグループを作り、最初のライバルとみなしたのが、野洲町の沢柳太郎君であった。彼は私の影響下にあったのに、急激にきらきらする才質をみせてきた。今までライバルと思ってきたのは、彼と、後に京都で同人誌仲間となった当時京大生の清水哲男君の二人である。清水君は、日本でかくれもない詩人となったが、沢君は筆を絶って商売に打ち込んだ。成功しているので、得失の比べようがない。

三十年ごろ、同人詩誌「朱扇」をだしていた鈴木寅蔵氏（前近江詩人会会長）に手紙をだして、近江詩人会の存在を知った。そのテキストに投稿しはじめたのが、外部との最初の接触であり、その縁で水口町の西川勇君や彦根市の猪野健治君らが結核菌のうようよしている療養所にきてくれて、詩の話に飢えていた私たちを喜ばせた。西川君は当時近江詩人会の俊秀六人を集めた同人詩誌「鬼」の一員で、猪野君は、アナーキストで「熔岩」というガリ版の詩誌をだしていた。いまは右翼に詳しい評論家として、ジャーナリズムの前線にいる。当時の私たちに共通するのは、貧と無頼と、かぎりない表現欲であった。「詩人は最初に虚無を所有しなければならぬ」といったのは小林秀雄だが、虚無への供物《くもつ》ともいうべき死者を具有しているのが、わが日常であった。それでも二度の手術ののち、棒のようなからだで、ふらっと私は此岸に立っていた。「詩学」に私の投稿詩がのりはじめていた。西川君のすすめで沢君と私は「鬼」に入会した。会費半額という特典があった。

最初の仲間

長浜市のサトウ・ハチロー氏が命名した古書店「ラリルレロ」の主は、目と耳の不自由な、純朴一徹の詩人武田豊氏である。氏は悲願ともいうべき熱情を傾けて「鬼」を主宰していた。初期の素朴な「晴着」という詩集には、土俗のおさなさを含めて、氏の本質がみごとに表現されている。

当時の「鬼」の理論的闘将が、県庁に勤める彦根市の中川郁雄氏で、生涯無詩集の気概と権威嫌いを通している。私を最初に認めてくれたのは氏であった。

東浅井郡びわ村の中川いつじ氏には「天への道」という詩集があり、谷川俊太郎氏からもらったという賛辞がまぶしかった。左翼のきれ者で、詩にも生活にも純潔ぶりを通した彦根の大西作平君は、重い存在だったが結核で遂に倒れた。当時野洲郡玉津村の冬木好君の処女詩集「山椒魚」は、そのシュペルビエル的な知的抒情を村野四郎氏に絶賛され、はなばなしいスタートを切った。前回あげた西川勇君は、いまふりかえっても粘りのある詩を書いていたが、筆を絶った。

これが、いわば私が同人誌の世界にでた時の最初の仲間であった。

二十五年八月に、田中克己氏、井上多喜三郎氏、小林英俊《えいしゅん》氏、武田豊氏らによって創立された近江詩人会は、ひと月の欠会もなく、テキスト発行と合評会を重ねて今日にいたっているが、実質的に初期の会合を運営していたのは安土町西老蘇に住む井上多喜三郎氏であった。氏はウラジオストック俘虜《ふりょ》収容所から昭和二十二年に復員。その折、褌《ふんどし》の内側に作ったポケットに、セメント紙の破片に記した豆詩集を携行し、翌年、百部限定の豆本「浦塩詩集」として刊行された。飢餓のなかで詩を支えにしていたいということ自体が、何より井上氏を雄弁に語るだろう。私は氏に多くの恩恵を受けている。病みあがりで塾を開いていた私を京都の詩人山前実治氏の経営する双林プリント（現文童社）に勤めさせてくれたのがその嚆矢《こうし》である。

山前氏はガンで倒れ、子息がその業を現代化して、私の勤めも二十七年になる。その間、天野忠氏をはじめ数多くの京阪神の詩人に接し、数多くの詩集制作にかかわってきた。あの時、双林プリントに入らず塾を続けていたら、どうであったかと思うと、大きな運命の分岐点を感じる。

井上氏は、昭和四十一年四月、急に逆行したトラックにひかれて急逝《きゅうせい》された。その十日前の詩人会で、氏はふいに落涙して「大野君、近江詩人会を頼むよ」といわれた。どんな予感が氏の脳裏を掠《かす》めたのか。いまだに謎《なぞ》である。

詩碑の世代

私が入会した当時の近江詩人会には、天秤《てんびん》の均衡のように、井上多喜三郎氏と彦根の杉本長《たけ》夫《お》氏とがおられた。井上氏は民芸品を愛好する庶民詩人であり、滋賀大学英文学部《ママ》教授の杉本氏は、ロバート・フロストなどを研究する知の詩人である。井上氏の詩集「栖《すみか》」の表紙には、近江詩人会会員で、数冊の手刷りの木版詩集をだされている大津市曾束の高橋輝雄氏の木版画が使用され、杉本氏の詩集「石に寄せて」（ユリイカ刊）の表紙は、山口長夫氏の抽象画で飾られ、いずれもひととなりに合っていた。美人のきこえ高く、田中克己氏の詩のなかにも登場する杉本夫人の手料理を、清新な抒情詩を書きはじめていた教え子八木裕彦君、よく出入りしていた中川郁雄氏や藤野一雄氏（現近江詩人会会長）らといっしょにいただき、私の胃に記憶をしみこませている。井上氏なきあと、近江詩人会会長の支柱としての信頼をあつめていた杉本氏は、下半身不随の悶々《もん》の形で、夫人のつきっきりの看護むなしく昭和四十八年に亡くなった。病床でフロストのぶ厚い原書をひらいていた氏のことが時折思い出される。

なお、井上多喜三郎氏は、還暦祝いとして全国の詩人たちの浄財による詩碑を、出身校の老蘇小学校校庭に建てられている。生きながらこういう善意のあつまる詩人を、湖国ではもう考えようもないことだ。盛大な除幕式には、師の堀口大學氏や、親友の田中冬二氏、岩佐東一郎氏らが馳《は》せ参じた。いずれも鬼籍に入られている。ついでながら武田豊氏も堀口門下である。

彦根の住職であった小林英俊氏と甲西町菩提寺の鈴木寅蔵氏は西条八十氏の門下である。小林氏とは親しく接するひまなく亡くなられたが、結核でありながら直情径行《けいこう》の奇行のある坊さんとして、檀家に親しまれていたそうで、没後檀家の浄財で彦根市東沼波《のなみ》町の旭森《あさひのもり》小学校校庭に詩碑が建立された。詩碑に刻まれた文字は、重病中の西条八十氏が一気に書かれたものだが、その書の見事さに感嘆した。「黄昏の歌」のなかの美しい一篇であった。

女流の先輩としては「決意」「くえびこ」をだされた多賀町の谷川文子さんや、「冬日」「窓」をだされた彦根市「やりや旅館」の宇田良子さんが健在である。いずれも彦根からでている同人詩誌「ふーが」に属されているが、谷川さんのヒューマンなためらいのない情。宇田さんの批評眼のとらえる重い人や物の存在感。それぞれ、年月の業である。

渦だまり

日野町に住む孤高隠棲《いんせい》の詩人野田理一氏は、太平洋戦争下にニヒルで透徹した史観をもつ詩篇によって、鮎川信夫氏に評価された「荒地」同人のひとりである。私は三度おあいしたが、その度に一種の衝撃をうけている、一度は私のH氏賞受賞記念会を京都のタワーホテルでひらいてもらった折で、名だたる詩人の多数の参会を得ていた。開会すこし前に野田氏が人のあい間を縫うように現れ、私に自著をくださり、そそくさと私の詩集評をされた。そのあとで手にされているもう一冊の自著を、かたわらの高名な詩人にさしあげるべきかどうかを聞かれた。「ご意向のままになさいましたら」というと「じゃ、やめましょう」と、さりげなく退場された。氏におあいするたびに、名のむなしさ、を自明のものとしているひとのふるまいを感じる。

林業でこの欄に執筆ずみで大津市伊香立《いかだち》の、玉崎弘《ひろむ》氏も一種の変人だが、もっぱら県外で活躍している。隠棲の位置に住むが、会などでは善意の目だちたがりやでお人よしである。近江の民衆史に入れこんでいる苗村《なむら》和正氏は、病弱な高校教師で、近江詩人会の会員でもあったが、「私はラディカルなのです」といって退会された。その抒情詩は美しい。同人誌で氏の作品にあうたびに「ラディカル」というひびきを舌にのせる。齟齬《そご》の居具合がいい。

草津の努力家北川縫子さんは、病気をガンだと知ってから、詩の鬼になった。手術後、作品を噴出させたが、いままでの虚飾がぬぐったように消えて、はだかの魂がみえた。遺著となるべき「冬華」の編集、解説を私に依頼されたが、最終稿は、遺影や、棺に入れるものについての「最後の注文」であった。筆写しながら涙がとまらなかった。二週間で制作して生きている手に抱かせた。星辰《せいしん》をちりばめた版画の図柄の函装《かんそう》であった。五十三年八月刊。

井上、杉本両氏なきあと近江詩人会を実質的に支えてきたのは彦根の中川郁雄氏と藤野一雄氏のふたりである。根底は私心のない批評眼といえばよかろうか。印刷などの関係で事務は私があずかって長いが、この両先輩の存在に安心してきたところがある。ふたりとも詩集をだしていないのが不思議といえば不思議だが、中川氏は方法論をあわせ考える実験派。藤野氏は、旧仮名づかいの、日本語の端正さを基盤にした古典派。この相わかれるところが、会の詩批評を豊かにしてきた。ともに「ふーが」という同人詩誌を結成。成熟世代の八木裕彦、竹内正企《まさき》、宇田良子、谷川文子、山本みち子、武部治代氏らを同人としている。山本みち子さんは彦根から東京に転居されたが、詩集「彦根」につづく「雛の影」は世評をにぎわせた。

短詩型離脱者のノオト

私のなかには三人の歌人の系譜があるようである。即ち、佐藤佐太郎と中島栄一と、塚本邦雄の三氏であるが、あらたまってこう名指すほどの執着を問われれば、今は最後の塚本邦雄を僅かにあげ得るにとどまるし、引野収・浜田陽子夫妻の「短歌世代」を通じて位しか短歌の世界の展望も知らない。思えば長いあいだ身をいれた読み方もしていないようである。掲出した三氏にしても、佐藤佐太郎の本は「立房」と昭和四十四年版の角川の歌集しかない。「帰潮」までは購買入手したはずだが、誰かにもち去られたままである。中島栄一の「指紋」も同じ運命にあっている。塚本邦雄の歌集は贈られた「水銀伝説」と「緑色研究」があるのみで、「感幻楽」はそのうちに買おうと思っているうちになくなったし、三千五百円の全歌集は、これもそのうちに買うからといって三月書房の最上段の棚にあずけてある。読んで、いいと思った本は人にくれてやるという田村隆一ほどの徹底はなく、性愚鈍にまつわるごく自然な放逸しか私にはないようである。

ところでこの稿の依頼をうけてから、私は岡井隆の「戦後アララギ」を求めてきて読み、忽ち捉えられてしまった。かつてアララギ系の歌誌にいたものにとっては懐しい名前がずらずらでてくる。私にとっては小暮政次や柴生田稔という名は壮年にとどまっているし、近藤芳美や高安国世が青年たちに擁立されていく過程を、遠く信楽の結核サナトリウムで心おどりながら聞いていたひとりであったからである。「フェニキス」もなつかしい名前である。どういう機縁であったかもう思いだせないが、多分その末期に「中島栄一論」や作品をのせて参加したことがある。河村盛明や太宰瑠維、吉田漱、清水香などは当時の紙上での記憶である。そして、今も当時の記憶のままである。

私はその以前に佐藤佐太郎の初期の門下であり、昭和二十六年二月にだされた「歩道選集第一」に私の歌がのっている。これは今ふと見つけたもので、私自身の手から焼却をまぬがれた唯一のものらしい。

一息に死にたしと思ふ夜を過ぎてかぐろき顔を剃りてもらひぬ
ひと年はかく終らんとしてゐたり煤はらふ下に口おほひ臥す
灯を消せば月に照らされる障子影蔦《つた》のかたちが風に吹かるる

腸結核で、だらだら続く下痢にまったく私は消衰していた。恥をしのんで三首を抄いたが、私の記憶からも消失していた歌である。忠実な身辺の執着におわった三年間であり、多分私は、一首目の延長上に、ふれればずるっと剝けるような、生死のさかいの皮膜とでも呼ぼうものに憑かれた形であとしばらく作歌していたにちがいない。岡井隆は塚本邦雄の短歌の鑑賞に容赦なく「私性」を追求しているが、当時の私は塚本邦雄における私性の拡大など予想もしたことがなかった。いまだに私の短歌における迷妄と執着は、幻想よりは具体、抽象や普遍よりは特殊、そして何よりも私性に尽きるが、幸か不幸か塚本邦雄にはめぐりあわないままに、中島栄一の極度に私性の濃い、私的醜聞を背後に露出させながら全体をなめらかな文体そのものにかえようとする、蛇身のような戦慄にしばらく溺れたあとで短歌そのものを断念したのであった。

中島栄一が身に沁みたのは、太宰治が青少年の心を揉みくだくのと同断であろう。だが身にいくばくの狂気も自虐もなく、こういう私的破滅性の戦慄へ急上昇を夢みようとするよりは、するめの足でもかんでいた方がいい。もっとも当時の私には常時、下痢による破滅的予感しかなく、危機感を文体化しようという焦眉《しょうび》の欲求に身をやいていたのは確かであった。

今しみじみと読むとき佐太郎のなかにはとりわけて好きな歌がいくつかある。

浅間より降りたる礫《いし》のなじみつつある家裏の道の風音
の「なじみつつ」の妙味。

身辺のわづらはしきを思へれど妻を経て波のなごりのごとし
のふしぎな到達。岡井隆も指摘しているがフモールの味趣がでてきたことと、混沌を蔵していることによって、私は新風十人の頃の主観性へのたちかえりなどを夢みている。六十才からの新風。いいではないか。「歩道」に散見されたこの主観性の妙味を、茂吉の目によって殺しつづけてきた佐太郎の倫理、これを剛直ともいたましいとも思いつづけることによって、私は佐太郎から去りつづけているが、アララギ・リアリズムとは一種の魔の系譜であって、いったん浸ってしまった感覚をなかなか別次元のものにはかえがたいのである。塚本邦雄にであうのはずっとあとであるが、患部から膏薬を剝がすような認識の痛みなしに読めなかったのは、そのためであろう。
僭越《せんえつ》ついでに、今年中にはでる予定の私の詩集から「愛」という小品をあげさせていただく。

あやまって
子供の飼犬を轢《ひ》いた
くるしんで
死んだ
声もあげずにそい寝していた子供は
犬のまぶたをめくり
そのねろねろの境からもぐりこんでいた
気がつくと
喉頭で痰のようにぶらさがっていたが
ちっそくしかけるのを
ひきずりだすと
オブラートの眼で私を見て
這ってとなりの部屋へ行った
からだをささえるほそい肘が
ふるえていた
犬の名前で　大声で

私は子供をよんだ

歌人からみれば、（私自身の歌人的目でみても）ぽきぽきした文体で、「て」や「と」や「た」の切りがわずらわしく、幻想が中途半端で、等々とたたみかけられるであろう。だが私はそれら全部を含めて、これは私の能力内での短歌的手法からの離脱だと思っている。私性への粘着をもちながら、私性の日常的な切なさをたちつづけることによって、「私」は表現となるが、塚本邦雄のように知性やディレッタンティズムによって大きく私性を放逐する力のない私の書き方の一つがこの作品である。

乳房その他に溺れてわれら存《あ》る夜をすなはち立ちてねむれり馬は
光る針魚《さより》頭《づ》より食ふ、父めとらざりせばさわやかにわれ莫《な》し

水晶体・花式図（水銀伝説）のこの歌が記憶に灼きついてからでももう十年になる。私は塚本邦雄のいい読者ではない。岡井隆のように私性をおしつける読み方は面白いが、岡井隆を語るだけだろう。私は塚本邦雄の多数の作品からほんの少しを大切にしている読者で、いずれも私性にふかくたちいっているものばかりである。この位置から離脱する衝迫はさしずめ今の私に

はない。

歌

賞というのはひとつの目安にすぎないが、最近は詩に関するものだけでもかなりの賞が固定されてきて、私のところにも、推薦依頼の往復はがきや封書が年に六通、きまってくるようになった。出したり出さなかったりで、あまり律儀な推薦者ではないが、ついぞ私の一票が有効であったためしがない。ところが今度、京都市芸術新人賞を河野裕子《かわのゆうこ》さんが受けることになって、妙なことに歌集の推薦ではじめて有効になった。もっとも河野裕子さんは賞にめぐまれた人で、いままでにも、角川短歌賞、現代歌人協会賞をもらっており、京都の賞の選考中に、歌集『桜森』で雑誌ミセスの女流歌人賞受賞が決定するなど、世の注目をあびている人だから、私に発掘者の栄があるわけではない。

現代詩・現代短歌・現代俳句などと、現代という言葉がのっかれば、何となくひとひねりふたひねりの難解さがつきまとっているようにみられがちだが、いつからか愛読するようになった河野さんの短歌は、屈折した知性できらきらするというよりは、特に恋の歌など、やわらかな感性の素直さできわだっていた。

わが頬を打ちたるのちにわらわらと泣きたきごとき表情をせり
寝ぐせつきしあなたの髪を風が吹くいちめんにあかるい街をゆくとき
胸あつくあはせゐたるを雉鳩の羽おとあらく翔ちゆきし音
くちづけを離せばすなはち聞こえ来ておちあひ川の夜の水音
われを呼ぶうら若きこゑよ喉ぼとけ桃の核ほどひかりてゐたる

京都女子大学国文科に在学中の作品であろうか。「嘘だってたくさんついた。ひともひっぱたいた。泣いた。けれど私は何がどのようであっても自分に嘘だけはつかずに生きて来た。欲しいと思ったらどんなことがあってもみんな自分のものにしてきた。ほんとうに心をこめてそれを願ったときだけは、不思議にそれは自分のものになったのである。」という「あとがき」を処女歌集『森のやうに獣のやうに』に付している。
塚本邦雄や岡井隆らの短歌を、しばしばそのニヒルな視線の戦慄ゆえに愛誦することがあるが、愛がひとりのからだを単純に一途にやわらかくしている姿というものは、いつだっていいものだ。塚本にしても岡井にしても短歌という定型をいわば枷《かせ》とすることによって、定型概念を逆用することで、現代意識の磔《はりつけ》像をみせている。河野裕子さんにその前衛意識がないわけはないが、万葉以来の相聞のいちずな炎がすきっとみえるとき、ああ、人間がいるな、というなつかしさみたいな気持が湧く。彼女はいまでは母親だが、熟しながら、そのなつかしいとしかいいようのない単純さがつづいているのがみえる。歌なのだな、と思う。

燭《しょく》近く眼のちり取りてやりし時不意になまなまと妻と思ひつ
夜と昼の生理ことなる樹の下に肺持つわれの胸息づけり
荒あらと肩をつかみてひき戻すかかる暴力を愛せり今も
夕暗む部屋にしづかにシャツ脱ぎて若きキリンのやうな背をせり

老いらくの恋

春山のあしびの花の悪しからぬ君にはしゑや寄そるともよし
〔巻十・一九二六〕作者不詳

右の歌に目がとまった。問答歌の問い歌の方である。あしびと悪しの同音繰り返しについては、云々する程の技術ではないが、しゑや（ええい、くそっ）という感動詞をいれている口語的発想がおもしろかった。君には　とあるから、作者は若い女性の方である。「寄そる」は、関係があるように噂する　という意味だから、既に世間には一部あらわれていたことであろう。当時の情報社会が、こういう情事をどう糾弾《きゅうだん》したものかは知らないが、「人言《こと》を繁《しげ》みと君を鶉鳴く人の古家《へ》に語らひて遣《や》りつ」つまり、噂をおそれて、古い空家に連れこみ、話をして帰したんだという、能動的な女性の働き（こちらは年上の女性のように思われる）から考えても、世間がこういう情事に寛大であった時代はあるまい。

実はこの歌から川田順夫人を思いだしたのである。夫人とは（未亡人という呼称は用いない）たまたま琵琶湖畔でお会いし、ワインを飲みかわしたことがある。またその材で了承を得て詩を書いてもいるが、事件当時を思えば、夫人も、しゑや　という悲嘆しきりであったにちがいない。思いつきで漢字をあてれば「死得や」となろうか。

　答え歌の方をあげよう。


　石上布留《いそのかみふる》の神杉神《かむすぎかむ》びにし我《あれ》やさらさら恋にあひにける

いかにも消極である。「石上布留の神杉」は、「神ぶ（神々しくなる）」の序だから、まとめて、わが老い　の枕とするのは、どういう尊大さかとおそれいるが、当時も自嘲として用いたものだろう。巻十一・二四一七にも同例がある。もうセックスにも縁のなくなった超俗的な年代に対する枕詞だとすれば、はじめてこの関連を用いたひとの心情の凄さは思いみるべきものがある。「恋にあひにける」も、老年になっていまさらなんだが、未知との遭遇なんだよ、申しわけない、という有名人の世間への平伏である。平伏ではあるが、消極ではあるが、命がけの芯《しん》の積極がある。

　教授夫人で子供までなした仲を奪った事件は、テレビもない当時の世間を驚かせた。もう遠いことだ。夫人も上品で、静かで、美しく老いておられた。

この稿の〆切日は、九月十五日、敬老の日にあたる。それにつきあわせて選歌したわけではないが、書きながらの心情が、そのおもいに添っていったのが自然でよかった。

俳諧と現代詩

先日、信貴山の花を観ながら吟行しませんか、というお誘いがあった。三好達治門下の石原八束《やつか》氏や杉山平一・安西均氏らが連衆《れんじゅ》だという。浮きたつ思いで応諾したが、一日経て、お断りの電話をした。俳句の教養のない私が参加して連衆の興を削ぐべきものでなかった。「現代詩手帖」四月号の巻頭に句集『花筧』(安東次男)をめぐって、大岡信・粟津則雄・著者との鼎《てい》談《だん》がのっている。現代詩との決定的な差を思い知らされて実におもしろい。それに本人の自注がなければ読み巧者の二人にも解きにくい句が多々あって、そのせめぎあいのなかに句意の奥に入りこんでいく興趣がでてくる。活字だからこそ味わえる座だが、二十年かかって芭蕉連句の新釈を終えた安東次男だ。なまなかな古典教養ではお相手できない。

粟津　「錆鮎の売れのこりたる声を作す」という句はどうかな、勿論、声を出しているのは鮎売りなんだろうけど。

安東　それを錆鮎が声を出したように仕立てた。鮎売りは黒衣《くろこ》だ。

大岡　達人の句だね。すごい（笑）

ずっとこの調子で時には自注が二人をさとす。

安東次男は、ことばの質感を重んじるあまり、言葉を発掘してくる癖があって若い人に売れにくいのではないか、と大岡信が案じているが、こういうひとりがいなければ、芭蕉の連句の創作的呼吸は伝わらないだろう。私の浅い知識でもこの人がフランス文学者で、左翼詩人で、夭折した駒井哲郎と詩画集を出し、美術に詳しく、骨とうの目利きで、株までやり、のめりこめば他は省みないようなあれこれを、時折目にしてきた。風狂のひとといえるのかもしれない。

現代詩は難解な作品が少なくなりつつある。読まれるための自衛手段として映像文化と並行するように慣らされてきたのかもしれない。そのかわり、立ち止まってこだわりたい詩句が乏しくなってきた。私は月二回、朝日カルチャー講座に出ているので、前日に手許にある詩集、詩誌を精読する習慣がついた。いい詩をコピーして受講生にみてもらうためである。詩の講座なんて今進行中の時代感覚をことばでどうすくいとっているか、それを実例でつきつける以外にないと思っている。現代詩は、今の安東次男の関心では書けない。そういう意味ではやせているが、その自覚は要るだろう。

江州音頭考

江州音頭が、八日市市に住む板前稼業の西沢寅吉（桜川大龍）の美声によって興《おこ》されたということや、その大成の協力者が、真鍮《しんちゅう》鋳物細工家の奥村久左ヱ門（真鍮家好文）だったということは、華道や舞踊の成立にくらべると、私などにはたいへん親しみのあることに思える。明治初年には、大龍五十九歳、好文二十六歳というから、いわば師弟のような成熟と工夫の発止《はっし》とした気合が打ち合っていたものであろう。それまでの歌祭文《うたざいもん》や歌念仏、念仏踊りのようなものから現行の形になるまでの試行錯誤のたのしみめいたものもさまざまであったであろうし、何といっても娯楽の少なかった当時だから、音頭棚と称する櫓《やぐら》の提灯《ちょうちん》の灯のもとで、鎮守の森などの闇《やみ》ごもりなどを背景に、金杖《こんじょう》や法螺《ほら》貝のリズムや即興のかけあいをかわしながら、花がさや玉だすきで踊りあかし、若い男女のひめごとなどもなかば公然といったことなどにも、熱中ぶりの要因があったにちがいない。子どもたちの夜店のたのしみも、年間わずかにめぐりくる夢だっただろう。村落共同体の自然発生的なものが背後にあるのはいうまでもない。

私たちのなかには、まだまだ誘われれば呼応するもの、というより、誘われたくてむずむずしているものをもっている。昨年の阪神優勝への熱狂などもそうだろう。時には名人芸もある。かつてハリー・ベラフォンテが来日した時、彼は、例のゴウ・マティニではじまる「聖者の行進」を聴衆に唱和させながらやがて会場を渦のなかにまきこんでいった。テレビでそれをみながら、この誘われるものに涙がでてくる思いがあった。私的な事情でみた（これもテレビだが）クイーンのフレディ・マーキュリーの来日の公演の時も、半裸の上半身を汗みずくにして、全身でリズムをたたきつけている前では、会場ははじめから総だちで、頭の上で掌《てのひら》をうちあわせ、全員酔っている案配であった。人間のなかには、こういう忘我の欲求があるのだが、こういう現代の忘我には、何よりも芸と、大きな密室が必要である。

つい先日、私の住んでいる守山市で駅前広場の盆踊りがあった。七月二十六日は総踊りで、町内会ごとにそろいの浴衣の婦人がくりだされ、なかには、ミス守山や市会議員のたすきがけもみられた。櫓《やぐら》の上は大鼓と、都はるみさんのふきこんだ「守山音頭」である。皮肉ではなく、政治の苦悩を感じざるをえなかった。守山はもはや、草津につづく中仙《ママ》道の宿場町ではない。

駅前には今年建ったばかりの十三階建てのマンション「セルバ」があり、都市化現象のまっただなかにある。核家族化をすすめる一方で、連帯感を維持させようとする苦悩である。「草の根文化」は、前武村知事の課題であって、よくそれを推進したと思うが、自然発生を反自然に誘いださざるをえないところがあるだろう。その矛盾を推進するのが政治の良心だろう。

二十七日の夜、江州音頭の美声に接した。よくは知らないが、桜川の流れの家元であろう。

〽ヤ、コリャドッコイセ
——ホラ、シッカリセ
〽エー皆様頼みます
——ハ、ドッコイ
〽これからは、ヨンヤセの掛声を
——ソリャ、ヨイトヨイヤマカ、ドッコイサノセ
〽アーさてはこの場の皆様へ
——ア、ドシタ
〽ここに開口の演題は、近江の国は名にしおう、頃は天平の十二年、滋賀の都と名を得たる
……

ひとり腰の切れる女の人がいた。一瞬闇を妄想した。

老年――十二月のうた

老年という言葉を口にするには、私など、まだまだ若僧で、いやみなものだといわれそうだが、恩をうけてきた人たちが平均寿命に近づいてきたこと、いわば彼岸へ接しつつあることを、ときおりの訃報で知らされたりすると、ぼちぼち追尾年代にはいってきて、そのうち天野忠さんのようにさらりと常年のような口ぶりで、老年を売りものにする境涯にはいっていくものかな、などと考えてみたりする。

でも、師走にはいって早々に、新聞で恩師の急逝を知ったときには、先生、早すぎるじゃありませんか、いう思いを禁じえなかった。

「高橋幸雄氏(たかはし・さちを=中央大名誉教授)六日午前十時十四分、脳内出血のため、東京都府中市の慈秀《じしゅう》病院で死去、七十一歳……専攻はドイツ文学」

とある。

私は学制改革直前の旧制高知高校を卒業したが、空襲で焼土と化した城下町に、バラック建ての校舎をぱらぱらと置いた応急の学校で、白線帽にマントと下駄という身なりだけは旧制ながら、何よりも食糧にとぼしく、甘藷《かんしょ》さえままならなかった時期であった。どういうわけか、私は文学少年で、何人かで文芸部を復活させ、高橋先生に部長になっていただいた。詩人肌の作家で、太宰治や檀一雄らと親交があり、「日本浪曼派」の最終号を編集した人で、「近代文学」の同人であった。お宅にうかがうと檀一雄の色紙が無雑作におかれていたり、刊行されたばかりの埴谷雄高《はにやゆたか》の『死霊《しれい》』が、机上に読みさしの形でおかれていたりしていた。文学少年にとっては、どきどきする風景であった。文芸誌をだし、先生に「URNA」（ウルナ　壺の意）と名づけていただき、私は詩二篇、小説一篇をのせた。〈売りにまわった一教室で、黒板にウルナをカウナ、というジョークがあったっけ〉先生は当時結核あがりで、鉛筆のように痩せていて、夫人のだぶだぶのカーディガンをはおり、目をしばたたきながら、

「大野の詩はだめだな」

といわれた。

それ以来この言葉は私の胸にささったままである。ときどきそれは、当時の若い先生の顔に

なって、同じ発声をくりかえす。私は十九歳、先生は三十五歳であったはずで、いまの私はその時の先生より二十歳も年長だが、若年の先生の声に反撥できない。

それから十年後、ながい療養生活のあとで、詩壇的にはほとんど黙殺された32ページの処女詩集『階段』をだした時、先生は高知新聞に書評をのせ、それを送ってくださった。高知高校の卒業生の総数（六千数百人だったか、とにかくはっきりした数）を分母におき、分子を1としての確率で、われわれは、詩人の誕生を迎えた、といったふうの過褒《かほう》で、その独特の讃辞にもおどろいたが、あの文芸部のひきつづきの先生として喜んでくださったんだな、という思いがあった。

胎内の詩碑を訪ねて残の道

昨年の賀状の句である。「残」があまりにも短くて、残酷のかげを曳いているような気がする。先生の処女小説集は『幼年』で、きらきらした筆致の短編集であった。小説家というよりは、いい意味でのマイナー・ポエットで、そのあたりの影響も私に及んでいるのかもしれない。

先日、京都の老年の忘年会にさそわれた。私たちの先達の詩誌「骨」のグループのひさしぶりの会合で、「寄ろよろと養老鍋でもつつきましょう」という木村三千子さんのユーモアまじりの案内状であった。依田義賢《よしかた》・天野忠・荒木利夫・天野隆一・大浦幸雄・佐野猛夫・大《おお》鋸《が》時《とき》生《お》さんたち、精力的な仕事をつづけていずれもご壮健である。鍋の湯気がたちこめ、常例のシニカルな会話がかわされるなかで、皆の肩の間から死者がひょいひょいと顔をだしてくる。陰気な顔ではなく、皆が笑っている。私も見知ってきた「骨」の故人、深瀬基寛《もとひろ》・井上多喜三郎・佐々木邦彦・富岡益五郎《ますごろう》・杉本長夫・山前実治・天野三《ママ》津子さんたち。こうして集っている人の仕事の余裕のなかにある、一種の呼吸の切迫のようなもの、それもひょいひょいととび交っている。

郷土の詩

東京のある出版社から、現存の詩人による「郷土の名詩」という本の企画の相談があった。うまいアイデアだなと思った。いわゆる既往の名詩なるものは、現存の詩人、ということで重複を避けられるし、地方の概観や本人のコメントをいれることによって、立体性が得られる。眠っているいい作品に照明のあてられる機会でもある。近畿四県の作品の選択が私の担当であったが、その任でない二県は、その地方に詳しい人に依頼して、京都と滋賀についてだけ考えることにした。

なるべくなら、その地方に居住していて、というのが条件であったが、かつて「京都詩人年表」を編まれた天野隆一氏が述懐されていたように、京都は学問都市の性格もあって、純粋の京都人というのは寥寥《りょうりょう》たるものである。いや京都にかぎらず、現代の居住性そのもののなかに、郷土色は払拭《ふっしょく》されていく傾向がある。私自身、ながらく滋賀に住んだといっても、引揚者で、郷土に関してはマガイ人間である。そうこう考えたり、作品にあたったりしているうちに、地方をよくとらえて、いい詩であればいいや、ということになってしまった。いわば、マガイ人間のマガイ詩をまじえなければ篇数がまとまらないのである。

啄木や朔太郎や犀星をあげるまでもなく、私たちの脳裡《のうり》に出没する郷土には、もともと屈折があって、郷土居住者ではない例が一般であろう。そういうホンモノにぶつかって、他府県に推薦もならず、といった例も数人あった。

もちろん、妥当な作品もある。溝口監督と組んで数々の名作をのこしたシナリオライターの依田義賢《よしかた》氏の作品などその一例である。

僕らが戦争ごっこなどをしていた
ばんばのお堀に　よく身投げがあった
僕らの見た一人は　年寄の土方《どかた》であった
きたない手拭《てぬぐい》をくびにまいて
腕組みをして　芝生に引きあげられて
酔っぱらいのようにのびていた

或冬の夕ぐれに　老婆が浮いていた
ひきあげられると
しなびた痩せた小さいからだで膝をまげて
手に数珠を持ち　一握りほどの髷《まげ》をつけて
ことりと　芝生の上にころがった
さくらの咲く頃
五番丁の女郎《おやま》が
よく太った若い股をひろげて

どたりと寝ていた
その頃　お城は離宮で
大正天皇が皇太子のじぶんよく来られたそうだ

（「思い出」全行）

昭和二十六年九月刊のアンソロジー「コルボウ詩集」にのっているから、書かれたのはもう少し前になろう。なるほど、シナリオライターの腕だと思わせるのは、ひとりひとりのデッサンに被写体として過不足のない、すごいリアリティーがあることだ。戦後の、見たものだけが信じられるといった認識が、子供のころの記憶を再現させたのだろう。

いま観光の重点になっている二条城であるが、「詩のような光景は大正の大戦景気のあとの反動の不況の頃に見かけたものである。」そうだ。「黒いおそろしい影としてそびえていた」記憶。「西北両側に、奉行所があり、刑場があって」などという史実などが、頭にたたまれていなければ、ものが、郷土のものとして見えてこない一例であった。

「私」的な根拠

「関西文学」「詩と思想」「現代詩手帖」等通算すれば五年ほど時評を書いたことがあるので、批評の現場にたちあってきたことに疑いはない。けれども、私の場合、詩らしきものを書きはじめた当初から、批評を同時的に存在させたいという関心にとらわれていた。小林秀雄が好きで、その断定癖に、あらがいがたい魅力を感じていたのが、大きな要因であるに違いないのだが、昭和二十五年二月に小喀血につぐ大喀血で、信楽の近くの国立療養所紫香楽園に入った時も、当園内に佐藤佐太郎の短歌結社「歩道」があると聞いてすぐ入会し、間もなく何人かと語らって、ノートの最初の行に一首ずつ書いた短歌を、回覧しながら批評を書くことを企てている。しかし、そんな時期から批評のポジションなるものをもっていたか、と問われれば、もちろん否である。詩や短歌らしいものを書きはじめるのに、どんな根拠も持ちえなかったと同様に、ただ自分の未知を拓く願望が、筆をとらせていたにすぎない。印象批評という言葉があるが、第一印象として、即座に、その作品をうけいれられたか、拒否したか、という自分の内部の声には誰しも耳を傾けるだろう。その次にではなぜ、と次の一歩をふみだすのが批評の自然であるとすれば、私のなかには、その自然に従う欲求が比較的に(あくまで比較的にだが)強かったとはいえるかもしれない。

小林秀雄の「ゴッホの手紙」の、あまり理論的とはいえない茫漠とした根拠も私は好きであった。「一方、感動は心に止まって消えようとせず、而《しか》もその実在を信ずる為には、書くという一種の労働がどうしても必要のように思はれてならない。」というような言葉を、何となくふるえながら読んでいたような気がする。当時、療養所の友人にガリ版で制作してもらった評論集『黙契』(昭和32年)は、その息づかいを残している。もちろん、依頼されて書いた文など一作もない。

その後、詩集を何冊か上梓した頃になって批評的な文を書く必要や、依頼があるようになり『沙漠の椅子』(昭和33年)というエッセイ集がかろうじて一冊でている。そのなかでとりあげられている詩人といえば、極言すれば、評価の定まっていない、同時代的に伴走、または追走しうる、形成されつつある個性にかぎられている。私が評論家としてのプロたりえないのは、全くこの点にあって、古典として評価の定まった詩人についての既往の評価と見解を争う関心が全くないことと、資料の保管蒐集《しゅうしゅう》に関する整理上の神経の完全な欠除によることが大きい。食うための生活維持に時間をとられてきたいいわけよりも、私の当為の感覚のなかに、そういう意志が働かなかったという方が正しい。

では、今回の設問の「詩の批評を考えるとき、批評者のポジションをどこに置いたらよいか」という応対として、設問を縮小して、「どこに置いてきたか」という形で考えるなら、作品が自分に必要であるか、どうか、という私的関心の進行状態においてである、と抽象するしかないような気がする。設問者はかならず、「では、そういう〈自分〉とは何か」とつづけるだろう。それにりっぱすぎる答えを、「ゴッホの手紙」からとるならば、〈自分自身を日に新たにしようとする間断ない倫理的意志〉であり、ヴァレリイの言葉を借りれば、〈「転進」せざるを得ない倫理的人間の動機そのもの〉といえばいいだろうか。

実は、この言葉は、30年前のガリ判《ママ》のひそかな処女作（前述）のなかにおさめられている。詩を書くことが、おさないながら批評を書くことと不可分な状態ではじまろうとしていた時の高揚を、自分の才質に適応縮小させながら、現在にいたったといっていいのであろうか。

虚の顔

無慚《むざん》ということほど、今の私を動かすものはない。だが、これはどういうことであろう。私は、数年来、石原吉郎《よしろう》さんについて、何かを書きたいと念じつづけていながら、未だに果していないが、八ヵ月程前石原さんを訪ねた折、写真帖の間からでてきた一葉をみて胸をつかれたことがある。それは昭和二十八年十二月に、スターリン死去に伴う特赦によって、送還船から舞鶴に上陸したばかりの、防寒服に身をかためたものであった。だが、身をかためたといいながら、ふりかえつてレンズをみている顔は、まことに虚である。私はいままで、これ程完全な虚の顔をみたことがない。けいりん場あたりでみかけるあり金をすった顔の深刻さは、負の顔とでも、かりに名づけよう。人の顔から、ずーっとおくの、タマシイだけを抜いた顔が虚だ、とでもいえばよかろうか。特に憎悪の感情など抜かれてしまってないのである。――私はミショオの有名な「怠惰」という詩の最後の部分を思いだす。つまり次のような一節である。「怠け者が寝てゐるあひだに、ひとびとはそれをなぐりつけ、頭から冷水をぶちかける。やつははつと魂を連れ返さねばならない。やつは、そのとき、ひとのよく知る、また特に子供たちによく見受ける、あの憎悪の眼ざしを以て、あなたを眺める。」（窪田啓作訳）――軍隊時代の他の一葉の写真、すなわち、横向きで、シャツの腕をまくっている精悍な下士官姿とみあわせて、この、難民とだけしかいいようのない無慚さはひどく私をうったのだった。私が訪れるすこし前に、ある個人的な事件で、石原さんはひどい錯乱状態にあったそうである。抽象的にこれを、石原さんの善意での行為が他人に憎悪をよんだ、としか今は書けないし、書く興味もないが、私はその時、誘いだすようにして受難の感情を聞いた。部屋に閉じこもっていれば、だんだん鬱屈のはげしくなる石原さんは、何キロも道をひたすら歩くことによって強迫するものからのがれようとしたらしい。

「いやな自分が、手で払っても払ってもついてくるんだ。ふりかえると、そこにいる。それを見るのがたまらなくてね。歩いて、歩いて、僕は川越の古い墓地に行って、倒れた墓をおこして年代をしらべてみたり、墓の間にじっとうずくまったりしていた。」

石原さんの古いノオトに、日本に帰還直後、しばらく何もせずに、ただ、故郷伊豆（土肥）の墓地にたたずんでいたりして近親の人たちのヤユや嘲笑をうけたことが記されている。あの難民の虚の顔で、墓地にまぎれ入りながら、懸命に回復しつつあったものは何であったろう。

思潮社の「現代詩大系」第一巻の「自作を語る」という欄に、石原さんは書く。

〈「もしあなたが人間であるなら、私は人間ではない。
もし私が人間であるなら、
あなたは人間ではない」

これは、私の友人が強制収容所で取調べを受けたさいの取調官に対する彼の最後の発言である。その後彼は死に、その言葉だけが重苦しく私のなかに残った。この言葉は挑発でも抗議でもない。ありのままの事実の承認である。そして私が詩を書くようになってからも、この言葉は私の中で生きつづけ、やがて「敵」という、不可解な発想を私に生んだ〉

この言葉は中桐雅夫さんを、一夜ねむりがたくさせたそうだが、挑発でも抗議でもない、事実の承認のために、ただ、それが事実であることを承認するために、石原さんは、何日もの錯乱を、身にうけなければならなくなっている。起重機の下になって肋骨を折り、手当もうけられないまま、死の流刑地《るけいち》バイカル湖西部へ送られ、体力がなくて膝行《しっこう》するより歩行方法のなかった当時は、おそらく精神の錯乱はなかったであろう。錯乱する組織一切をぬかれて、虚となっていた顔を、私は、あの写真のなかにみていたのである。

魂のひと　か烈な思想家　石原吉郎氏を悼む

突然の訃報《ふほう》である。発見されたとき、石原吉郎氏は風呂の水のなかに顔をふせていたという。電話でそれを聞きながら、私はもっとも尊敬している詩人にして、思想家であるひとりの日本人が、自分の急激な衰弱を賭《か》けて、書くべきものを書きおえたあと、みずから汲《く》んだ水のなかに顔をふせたのだという思いにとらわれた。つい最近、「石原吉郎論」を巻頭においた拙著「沙漠の椅子」への返書で、「もう無理に書こうとは思わなくなりました」という述懐を聞いたところである。

それに、氏と対談した清水昶《あきら》氏からの深夜の電話で、氏の衰弱を加速させる酒の量の多いことや、切りだしナイフを腹につきたてたが、横に引けず、そのまま晒《さらし》を巻いてすませたというような座談の内容を聞いたところだし、「以来、たまらなくて飲んでばかりいるのですが、人間って、かなしいですね」と呟《つぶや》きつづけた昶氏の声もまだ私の耳のなかで鳴っている。

石原吉郎氏は、ソ連の強制収容所から、幾多の淘汰《とうた》に耐えて、辛うじて生き帰ってきた日本人のひとりである。石原吉郎氏が、すぐれて、魂のひとでありえたのは、その時点以後、氏自身の生きのこったということに対する呵責《かしゃく》がはじまり、あの圧倒的な体制と飢餓の強制のなかではあるが、被害者のひとりとして、精神の自由を喪《うしな》って生きのびたことを、はげしく責めつづけた、ただひとりの日本の表現者であったということに尽きる。

氏は体制を告発すれば、魂のことは不問に付されるとして、告発を断念し、強制収容所内での自分の魂の現場に、自分をつれもどし検証させることにのこりの生涯を賭《か》けたのであった。氏はその意味で事実にたちもどろうとしただけで、思想を書いたわけではない、といいつづけてきたが、この検証が、独自の詩と思想を形成していく経緯を、私たちは、同時代的に、臨場的に教示されつづけてきたのである。私にとって、氏は実に苛烈《かれつ》な思想家であった。

石原吉郎氏は復員直後の三十九歳で詩を書きはじめ、鮎川信夫、谷川俊太郎両氏選の「文章倶楽部」で特選をとり、翌年には、投稿者からはずされている。その投稿者のなかからえらんだ同人《どうにん》で「ロシナンテ」が発刊され、二十歳そこそこの若い同人たちにまじって、ほとんど同年代的に議論も喧嘩《けんか》もする、当時、「おっちゃん」と親しまれていた氏は、栄養失調から回復した、実に精悍《せいかん》な身体をしていたことだろう。

「ロシナンテ」廃刊後、私の氏への傾倒を通じて、滋賀県の詩誌「鬼」に入会してきた氏と初めてであったのは、それから十年後の一九六五年のことだが、外貌《がいぼう》の精悍さはみごとなものであった。ただその外貌がみせかけのものであるのを知ったのは、内面の暗い葛藤《かっとう》をみせるノートを借りて読んだときであり、二人で飲んだ翌朝の氏の手のふるえであり、睡眠薬の量であった。氏に告発を断念させたフランクルの「夜と霧」へのサイドラインや書きこみの緻密《ちみつ》さもあった。

急激な衰弱が石原吉郎氏をおそうことになる。一九六九年以降、つまり復員して十六年後、「望郷と海」(筑摩書房)に収録されているエッセイが書かれはじめたのである。原因不明の熱をだし、三か月かかって書いた二十五枚の「失語と沈黙」ひとつをとってみても、文字通り今は遺書となってしまった文の重さが身に沁《し》みる。

昏昏《こんこん》と眠りつづける死に霊《りょう》へ　ある日生き霊は　あらあらしく手を掛ける　なんじ死に霊として　てんめんたることすでに久し　ただちに起きて立ち　生き霊の一角に　死に霊として立て

〈死に霊〉

最近の詩である。生は明確な死を負わねばならぬということであろうが、何十時間か浸っていた水のなかで、氏の生き霊は、死に霊に手を掛けるのを、ふとためらったのであろうか。

全部で一行といえる詩

しずかな肩には
声だけがならぶのでない
声よりも近く
敵がならぶのだ

昭和三六年八月一五日、ちょうど二五年前の終戦記念日の「鬼」三〇号に、石原吉郎は、「夏を惜しむうた」と「位置」の二篇を寄稿している。氏の主宰していた「ロシナンテ」の解散後、滋賀県の私たちの小誌に突然入会してきて二年目である。この「位置」は、詩集『サンチョ・パンサの帰郷』の巻頭に据えられて以来大いに論じられたから、記憶されている方も多いと思うが、内実は、ひっそりとした登場であった。当時の反響においても、多分作者自身の心理的な状況においても。

しずかな肩には
声だけがならぶのでない
声よりも近く
敵がならぶのだ
勇敢な男たちが目指す位置は
その右でも　おそらく
その左《ひだり》でもない
無防備の空がついに撓《たわ》み
正午の弓となる位置で
君は呼吸し
かつ挨拶せよ
君の位置からの　それが
最もすぐれた姿勢である

この一行だけというのは、ほとんど無意味である。というより、発表時点では、この作品全体が、不明晰さにおいて無意味に近かった。誰しも、匍匐《ほふく》前進する兵士や、処刑されるまぎわの危機的状況を思いうかべるであろうが、そういう解釈はまったくナンセンスであった。拙著『沙漠の椅子』のなかの〈「位置」の位置〉を読んでもらうしかないが、石原吉郎自身が、「ノート」や『望郷と海』の諸エッセイでこの状況の分析に苦しみながらせめぎのぼるまで、待つしかなかった。ソビエトの強制収容所のなかで、石原吉郎を含めた捕虜は、被害者という立場に慣れることによって、かろうじてわが保身をはかり、わずかな食糧をうばいあうような「敵」の目で隣人を見ることが当為となってしまった日常のなかで、あえて看視兵から危険な位置に黙々として立つ男がいたということ。それが鹿野武一という旧知の男であるという異変が起っていたのである。〈「もしあなたが人間であるなら、私は人間ではない。もし私が人間であるなら、あなたは人間ではない。」〉と取調官に言えた人間の自由とは何であっただろう。

復員してからその意味が、加重され石原吉郎を苦しめるにいたって、彼は想到する。「鹿野武一は、被害者の立場から自由となるために、おのれ自身への加害者になろうとしたのではないか」

「位置」は、分析以前の直観的な全的な把握だ。この分析にいたるまでに、彼のからだは酒でぼろぼろになって、ほとんど自死の生涯をおわった。被害者として生きた期間のことを克明に書き、詩で、つかの間の解放を果しながら。かつ挨拶しながら。

石原吉郎のこと

詩人石原吉郎が一九七七年十一月に自宅の風呂場で死体として発見されてから、満十年になろうとしている。一年ごとに追悼講演会を企画していた大西和男氏が、十年目を打ち切りとしてそのテープをおこして本にしようと思うので、東京まで来て話してもらえないかという。もうひとりの講師は秋山駿氏である。

「詩学」でも「現代詩手帖」でも、石原吉郎の特集といえば売れていた時期があった。いまは、完全に退潮している。シベリヤの強制収容所から（それも極限のバム鉄道付近から）辛うじて復員し、極限における自由を思想化し、詩としてはおどろくべき量を噴出し、最後まで自分から自由になれないで、酒で衰えて死んだ人だ。いま、石原吉郎が、さっと拭《ぬぐ》われたように消えてしまったのは当然だと思う。隣人との間で、一つのパンを奪いあうことで自分の命を保つ時代ではないのだから。飢餓の時代がきて、目のまえに、その問いがつきつけられるまでは。

石原吉郎が、ほとんど失語症のような状態で帰国した時、立原道造の美しい日本語に憑《つ》かれたようになったのが、詩人としての石原吉郎のはじまりだが、「文章倶楽部」で鮎川信夫（当時三十代）と谷川俊太郎（当時二十代）の選で特選となり、「ロシナンテ」という同人詩誌を結成したころからの縁が、私にはあった。当時、滋賀県の長浜からでていた「鬼」の後記で「ロシナンテ」の解散を惜しんだ私の文が呼び水となって、石原吉郎は「鬼」の同人となったのである。重要な初期の詩篇は、このうすっぺらな詩誌に書き継がれている。

彼は、きちんと同人費を払い、二十五号から五十号まで八年間、同人としての義務を尽くし、退会の理由を電話で私に告げたのち、以後同人誌活動をしなかった。より多忙な環境が彼を襲っていた。

石原吉郎の詩は不明晰《ふめいせき》な部分が多い。それに反して、『望郷と海』におさめられた散文は、実に明晰である。散文はずっと遅れて書かれたので、私は詩のなかに、わからないままの混沌を読んでいた。それは縁壁のない淵《ふち》でありながら、容易に溺《おぼ》れることができた。

最近別の必要があって「鬼」を読みかえしていると、交替に書いていた後記のなかに、石原吉郎の文をみつけた。この文も当時私を酔わせたものだが「花神社」版の全集三巻には、漏れている。その前段には、

〈「無無明　亦無無明尽」（無明もなく、また、無明の尽くることもなし）。いうまでもなくこれは般若心経のかなめの一節である。戦争が始まって間もないころの兵舎の一隅で、私は初めてこ

の一節に遭遇した。（略）とりわけ私の心にやきついて残ったのは、後半の「無明の尽くることもなし」という部分で、すべての思考が振り出しに戻ったような奇妙な安堵《あんど》すら与えられた。〉

その後段は読者の衝撃を予想している。

〈たまたま最近になって手にした岩波版の注解を読んで、もう一度、私は新しい衝撃を受けた。それは後半の一句は原典にはなく、あきらかにわが国の僧侶によって誤写されたものだというのである。（略）誤読と誤写が千余年にわたってリアリティを賦与《ふよ》しつづけて来た感動の系譜の不思議のなまなましさを、今は思うばかりである。〉

彼の詩「位置」の四氏による誤読による感動の例を書いた私のエッセイがあるが、あるいは、皆、石原吉郎にしてやられたのではないか、と思うことがある。

最若輩と最年長

11月3日の文化の日に、京都では久しぶりに出版記念会があった。白沙村荘《はくさそん》、すなわち橋本関雪邸庭園の池をゆったりと見おろす階上の座敷での会である。刊行書は、天野隆一氏編の「京都詩人年表」で、A6判52頁の簡素な本であるが、客観事実と、発行年月日にきびしい、地味で貴重な刊行である。

「戦時中、暗い電灯の下で、当時一切の詩活動の途絶えた寂蓼《せきりょう》のせいか、過去の詩集や詩誌を反読していた際、京都に限定して詩の記録を作っておくのも無駄でもなかろうかと、こつこつ書き止めておいたのが本書の母体である。」

と、「あとがき」にあり、明治大正の主要詩人の概観ののち、年表は、大正元年から記録されている。たとえば

大正2年

7月　竹友藻風《そうふう》詩集「祈禱」出版

上田敏を中心に毎週一回文芸座談会を開く。出席者・竹友藻風・山内義雄・高倉テル・矢野峯人《ほうじん》・園頼三等。

とか、

大正10年

7月　詩誌「坩堝《るつぼ》」山村暮鳥・野口雨情・南江《なんえ》治郎・竹内勝太郎・岩井信実《のぶさね》執筆。

あるいは

昭和7年

10月　文芸誌「三人」富士正晴・野間宏・竹之内静雄・吉田正次・尼崎安四・井口浩　等三高学生により竹内勝太郎を中心として創刊。当時は謄写版刷であったが末期は一五〇頁に及ぶ活版印刷の大冊になり28号迄続刊。

昭和10年

11月　詩誌「聖餐」京大学生井上靖に依り創刊。3号発行。

ちょっと戻って

昭和9年

4月　文芸誌「リアル」創刊　同人　山前実治・村田孝太郎・山村加比二・北川桃雄・中田宗男・永良巳十次・田中恒夫・天野忠・大西卯一郎・田沢八郎・田々宮英太郎・13号

発行。

昭和12年

3月 文芸誌「リアル」13号にて廃刊。

7月「リアル」同人一部検挙さる。

7月 日支事変起る。

と読みついでいくと、私にはもはや伝説的な人物から、記憶にのこっている故人、生きてなお書きつつある人までが、一気に畳まれてくる劇的なものさえ感じ、こういう地味で丹念な蒐集からというには予想外の昂ぶりさえ感じさせられたことであった。私も京都での勤務16年。われ知らず、京都の縦の織り糸のなかにまぎれ込んでしまっているらしい。それにしても、京都在住七カ月半の上田敏は四十三歳の早逝。純粋京都人竹内勝太郎は、四十二歳で黒部峡谷において遭難死去、などという記録を読みながら会場をみまわすと、七十数歳になられる山村順氏から富岡益五郎《ますごろう》・半井《なからい》康次郎（立命館時代の中原中也の話を聞いたことがあったっけ）・八尋不二《やひろふじ》・荒木文雄・児玉実用《さねちか》・山前実治《やまさきさねはる》・天野忠・臼井喜之介・阿原寛一・荒木利夫・吉村英夫・木村三千子・井本木綿子《ゆうこ》・並河文子・相馬大・河野仁昭《ひとあき》・名古屋哲夫・薬師川虹一（大阪から池永治雄・中村光行もみえていたが）の各氏に私、いずれも齢はこれをすぎている。

名園を眼下に、ガラスごしの陽ざしを背にぽかぽかとあたたまって、「これから先がまた奈ピーチの口火を切りだした。

「お祝いをのべるに先だって、ひと言、隆一氏に誤植についての厳重な抗議を申しこんでおきたい。皆さんのお手もとの本の47頁、昭和45年9月の項、「戦後詩大系」のところの私の名前が、忠の中をダブらせて、患《かん》となっております。ワズラウです。実は、ちょうどその頃病気をしましてね。退職は迫ってきて、心は憂し、身は重しで、しんどうおしたわ。それを思いださせよる。象徴的や。再版のときはぜひなおしといてや。

まあ、それはおいといて、欲得ぬきのこういうお仕事、ようやらはったな。資料的に、隆一さんしかでけへんことやな。」

こういう会でいつも何気なく爆笑のネタを仕込むのが天野忠氏の楽しいところである。

「再版、再版ってそんなに簡単にできますかいな。」

と、月刊「京都」の定期刊行を精力的に維持されている臼井喜之介氏。例の和服、袴姿でぐるっと見まわして、

「楽しいな。久しぶりに会うと。みんな老けよったな。」

と、自称「薄い毛の介」の後頭部を撫でながらの発言は実感に思えた。

年表には八頁にわたる、詩集・詩誌の写真の前後に、二葉の会合写真が挿入されている。は

じめのは、大正8年10月末京都四条万養軒にてという、有島武郎・厨川白村《くりやがわはくそん》・日夏耿之介《こうのすけ》・山内義雄・高倉テル・矢野峯人・園頼三・明石染人・柳沢健等と、錚《そう》々たるメンバア。20人中8人が鼻下に髭をたくわえている。もう一葉のは、年表頻出度における詩人数が最多だと判断された、昭和31年9月の依田義賢詩集「ろーま」の出版記念会におけるものである。17年も前のことであれば、なるほど皆若い。深瀬基寛・安藤真澄・俵青茅《せいじ》・吉沢独陽・天野美津子・佐々本邦彦・杉本長夫の各氏はもう鬼籍に入っている。小高根二郎・田中克己氏らの顔もみえる。天野忠氏は、ぐっと健康になられた昨今と違って、やはり天野患氏の容貌である。

　当時、私は病みあがりのゆらりとした身体に長靴をはいて、朝々、蛍川の堤ぞいに草刈りをしてまわっていた。養鶏の餌料にするためで、しばしば立ち眩みがあり、耳鳴りが顔の内部を自閉していた。患氏も突兀《とっこつ》とした相貌に写っているが、私のは、さらにその比ではなかった。思いきって京都に勤めだしたのはその翌年32年の暮である。就職難の頃で、いまにも倒れそうな肺病あがりを雇ってくれたのは、詩人で印刷屋の山前実治氏ぐらいしかなかった。

　この写真に私のいないのは当然だが、相馬大・中江俊夫氏らの顔もみえない。この当時も天野美津子氏を除いて四十歳を割る顔はみえないようである。

　こういう京都の会合で私はたいてい最若輩に属する。会の案内がまわってくるのが、ほぼそういう下限のままでもちあがっている。いずれ五十歳の最若輩になるかどうか、それは何とも判らないが、そこらでストンと切れる何かがあるようだ。

ところで、前に「現代詩手帖」の「中江俊夫特集」のところで書いたことがあるが、毎月、第3土曜日の夜、丸太町通りの鴨川べり「青鬼*」という酒房でひらく「青鬼の会」では、私は最年長になる。同年輩の中村光行らとの「鴉」の会といい、すべて飲む席にはつきあいがいいようで恥ずかしいが、ただ、当然ながら、最若輩の場合は受身の消極であって、飲んで管《くだ》まく「失礼ながら」の一席もほぼ場当りがきまっているようである。逆に六十歳以上の「骨」の人たちの酒豪同志の荒れの伝聞の方が面白いが、あいにく居合せていないことがほとんどだ。

自分自身が最年長である「青鬼の会」を欠席しないのは、多分それが最年長解体の行為だからだろう。私の場合ストンと落ちる下限がばかばかしく低いのだろう。いつだったか中江俊夫氏と京都ではじめてであった時期のことを話していると、佐々木幹郎氏が横からたいへん嬉しそうに、

「僕は小学生だったなあ！」

と叫んでいたが、氏との幅二十年位はラクに落ちている。酔後《すいご》鴨川で六方を踏んで寒中水浴を果した男のためにパンツを買いに走ったり、嘔吐を頭からあびたりするのも何かの解体だが、それよりも何よりも、あの会では仕事しか認めない基本線が暗黙裡《り》にあるのがいい。

飛騨の出身者に、宮内徳男氏と板並道雄氏がおり、それぞれ「群狼」と「卍」をだしている

が、会の帰りに些細《ささい》なことで喧嘩となり、雨のなかを鴨川堤であわやというところまでいったことがあった。以来、同郷の意固地さがあるのか、板並道雄氏の方は、ずっと顔をみせなかったが、長らく休刊中の「卍」をようやく出した時点で顔をだし、「作品が書けなかったから恥ずかしかっただけさ。」と呟いて、今度は宮内氏と二人、額をあわすように論じあっているのを、なんだか私は「ふーん」という思いでみていたが、それは先月のことだった。

全然面識のない男が、

「あんたこの頃書いてないね。」

と、ふっとさしかける刃とにらみあいになることがある。

それが酔いのなかでじんじん光りだすまで私は飲んでいるようである。

＊「青鬼」は現在なくなっている。

天野隆一さんと添ってきた閲歴

昭和三十二年の暮に、山前実治《やまさきさねはる》さんの経営する印刷屋さん「双林プリント」に勤めたとき、私は二十九歳だった。近江詩人会の世話役で会長であった井上多喜三郎さん（通称多喜さん）が、私の詩狂いと貧窮を見込んで、印刷職人の欠員補充に連れてきてくれたのだった。当時その店に出入りしていた詩人達の年齢を考えてみると、井上さん五十五歳、荒木文雄さん五十三歳、天野隆一さん五十二歳、天野忠・依田義賢・杉本長夫・佐々木邦彦さんらは四十八歳だったわけである。当時は、昭和二十四年来の「コルボオ」をなまぬるしとして脱会創始した「骨」の山前・依田・井上・佐々木・荒木利夫さんらが張りきっておられた。私は何となく、天野隆一さんの「逆立ち」の詩行を借りるなら、

かつては、えらい人は全部
私より年長者でそろっていた

　私は安心して　日々を安穏に暮してきた

という案配であった。結核で六年も寝て、ひりひりするような空気のなかで、詩人とか画家とかシナリオライターなどという人は、珍しかったのである。当時四十九歳だった山前さんは、戦前の社会主義的リアリズムを謳歌できる風潮になったのを受けて、仕事でも何でも、詩精神！であった。

　そのころの「コルボオ」は、天野忠さんと荒木文雄さんを中心とする後進者指導型になっていたようである。十年で十号のアンソロジーをだして終ったが、月々の例会で、天野忠さんの批評は辛辣《しんらつ》なものだったらしい。後年隆一さんに打ち明け話をされたことがある。

「河野仁昭さんなどは、当時の場にいなかったから、天野忠といえば、はなから才に秀いでたように思っていて、無理ないんだがね、忠さんが傑出したのは、コルボオの十年だよ。あの時、勉強したねぇ。」

　四歳年長で大正十四年から華々しい「青樹」を編集しつづけた天野隆一さんからみれば、昭和九年に『肉身譜』によって、小心な自分らしい原型に到着し、以後「リアル」同人の検挙などによって長らく沈黙した天野忠さんなど、目じゃなかっただろう。

　戦後京都周辺の詩人たちを糾合《きゅうごう》した「コルボオ」が、新人たちを集め、勉強会の性格をもっていくのに最後までつきあったのが、荒木文雄・本家勇・天野忠さんの三人だった、というのも、今の私にはよく判る。一度のぞかせて貰った時、天野忠さんは入院中、本家さんも不在。着物姿の荒木さんを中心にして、若かりし、福田泰彦さん、木村三千子さん、中島完さんらがおられた。「骨」の人達が、〈俺たちの現在を唱《うた》う以外に何があろう〉と飛びだしていったのも、天野隆一さんが、〈詩なんて、黙って呈示するだけだ。〉という思いで離れていかれたのもよく判る。やっと輪転機を扱えだした私の前で、天野隆一さんが山前さんと相談して、「ＤＯＮ」を刊行されるのを時々目にした。俵青茅《せいじ》さんが入っておられたが、他にめぼしい詩人の名はなかった。文芸誌だった。〈10号続かなければ、同人誌の資格はない〉といっておられた隆一さんだったから12号まで続けられたが、「ラビーン」創刊までのつなぎであったのだろう。

昭和三十六年前に「ラビーン」を創刊。自分に内在する人間的苦悩と無器用に戦いつづけて、七十四歳でなくなられた荒木文雄さんが、前年に「コルボオ」の責務を果たされたことと、無縁ではなかろうと思う。同人誌には、是非ともそばにいてほしい人がいるものだが、のちに意中のおもいを素直に打ちあけられるようになった頃に、隆一さんにとっては、荒木さんがその人だったんだな、と納得のいく思いをさせられたことが何度もある。

『藁のひかり』の詩集をまとめた昭和四十年頃から、隆一さんは、私を印刷職人としてではなく、対等の資格として認めて下さったように思う。「ラビーン」102号の「掲載詩集評」をみて、改めて驚いたのだが、14号あたりから、私はずい分依頼原稿を書いている。全部、隆一さんからハガキや電話で頼まれたものであり、ことわろうとしたこともなかった。対人的配慮が深くて今この人のこの著作に対して、私が何らかの発言をしていなければ、その期を失うぞ、と思われるものばかりであった。

山前実治さんが昭和五十三年にガンで亡くなり、子息が継がれた現在まで、印刷はその店にまかされているが、私が退職するまでは、山前さんとのコーヒー・ブレイクは、私に移された。私はずっと怖いもの知らずを通していて、ずけずけした批評をしていたが、隆一さんは本質的なものを見透している人で、楽しんで相手になって下さった。その批評は、かって、能登秀夫さんの著書に対して書かれた〈素うどんの味やな〉風のものである。その合間合間に、淋しいという言葉もずい分聞いた。「骨」「ラビーン」の故人はもとより、竹中郁さん、足立巻一さん……同世代の交歓のあった方に対してである。そのひとり、井上多喜三郎さんが交通事故でなくなった歳（六十四歳）に私もなった。

『手摺のある石段』を読んでいると、「一生」が最後に心にとどまる思いがしてくる。そして思う。これが、〈素うどんの味〉かな、と。

最後の注文

同じ詩の会に所属していて、十数年になる草津市のK夫人から、先月の十四日に次のような手紙をもらった。

「半日かかって、机のまわり、本のまわり、娘に一応整理してもらいました。腹水がたまり、浮しゅが来るようでは、もう大体のことがわかっていますので覚悟しています。再入院か自宅でかは、土曜の診察できめますが、何せ病院ほど暑いところはないので、死期を早めるのではないかと危うんでいます。家にいてさえ、息しているだけですのに。泣いたり、わめいたりするかと思いましたが、目前になっても淡々としているわたしにあきれています。奇跡がおこればとにかく、この夏は危ないことでしょう」

私はその五日程前に、娘さんから詩集原稿をあずかっていた。五十四歳になっての処女詩集である。腸ガンを手術して半年の間、Kさんは、内臓をかきあげてくる激痛のあい間をひたすら没頭して、十数篇の詩を書きあげたのだった。私ががく然とした思いになったのは、その根性のせいではない。K夫人は、草津市で、生花の先生であり、公共の、PTA関係などにも貢献されている。夫君《ふくん》は教育関係の重要な方である。だが、そういうことが、皮肉なことに作品ではすべて虚飾にひびく。率直にいって、私は、生涯このベールをつき破る形でK夫人の詩が書かれることはあるまいと、予想していたのだった。

K夫人が自分の病気をガンだとつきつめたのは、医学書を渉猟《しょうりょう》し、自分の病状と照らしあわせた、全く個人的な判断にもとづいている。その確信にぶちあたったとき、詩は、一変した。全く、魂のうたとしか呼びようのない、すはだかの声が、醒めている端正な詩形のなかから溢れたのだ。

手術室の前まできて
家族親類が雲になって行手をさえぎると
羽衣の能面になり
雲をひらいて通り過ぎる
手術室のドアがあく
のめりこむようにして夫が手を振る
光はそこまで

——「手術」部分

とか、

鳥のよるが
にわをおおってきましたが
白木蓮のつぼみのあたりだけ
ほのじろい
神にささげるろうそくのようにたっていて
あしたのひかりをまちわびる
つぼみ

――「白木蓮」部分

というような、切実な緊密な詩行が、いままでの、派手な技術的な練磨を、後手に押えるような自然さででてきたのであった。誤解をおそれずにいえば、私は、詩を書くことの究極の救いを、このような時に感じる。前掲の手紙には、「最後の注文」という、力をふりしぼった自筆稿がそえてあった。「棺桶にいれるもの」についての希望である。詩集に加えるために筆写しながら、涙があふれでてとまらなかった。

「わたしの詩集一冊（間にあえば）」という一行があった。友人にデザインをたのみ、星座の銀を、「冬華《ふゆばな》」と、藍の文字で押えた函装の詩集は、二十日間で仕上げることができた。間にあった。よろこんでもらえた。そして、その詩の華を胸に刻んで、K夫人は、八月十三日午後九時二十分、万人の供養行事の始まるというときに彼岸の華となられた。

地の人

激しやすい人だった。日曜祭日を除いて日常をともにしていたのだから、人がらは何もかも判っているつもりであったが、その終焉は予想できなかった。大体が用心ぶかい人である。無類の話しずきではあったが、宴は好まず、贅も好まず、夜おそくまで仕事をし、むしぶろと電気ぶろのある百二十円の銭湯とコーヒーを愉楽の友とし、蜂蜜（郷里飛騨の産）を卵としょうちゅうで割った飲物で低血圧をあげるのが日課であった。そんなごくつつましやかな日常に何かがあれば激した。

そのなかでひとつ、ふかく印象にのこったことがある。なにかの取材に、ある新聞記者がきて、そのときは例の話し好きの常で、詩集『花』や『岩』のあれこれから、飛騨の話にまで展開したのであった。ところが、その記者が何日かたって夕刊をたずさえてやってきたのである。そこには、氏の詩「岩」が麗々しくとりあげてあった。

たまに
日が
あたるので
炎えます。

これが激怒の対象になった。ジャーナリストの、とりあげてやりさえすれば、巷《ちまた》の文芸愛好家は喜ぶものさ、という神経には、特に過敏であった山前実治氏のことである。ひと言のことわりもなしに、なぜのせるのかという怒りが、てめえら新聞記者は人の弱みにつけこむタカリのようなものだという罵言《ばげん》になった。三大紙のひとつの記者だから、むっとしたまま帰ったが、十年前位のことであっただろう。

手術のため入院にむかうとき、はじめて目をうるませた。「手術後は、飛騨で養生するよ。

おかあさんが、まだ生きているからな。」とつぶやきながら。
なくなるまで、飛騨にペンションを建てる夢は話したが、絶望や恐怖は、口にしなかった。見舞の人がおそれていたガンの一語も洩れなかった。地の人は、ついに知の人で、おのれに禁じたことばをまもった。

白色矮星

旅客機の墜落事件と前後するようなかたちで、私は刻々と死にむかっている若い友人の経過に心をとらわれていた。肺ガンで、絶望状態だと夫人にうかがったのが、七月十三日の朝で、すぐ支度して東京の第二都立病院に見舞ったが、胸水の浸出で悪化がはやく、八月十五日になくなった。

十年来の友人であった。拙宅の近所に家を建て、東レの研究室に通っている東工大出身のすぐれた化学者で、「漁夫」という薄い詩集をたずさえて訪来してきたのが最初である。その詩集を目の前で散読しながら、特に驚嘆は覚えなかったものの、語彙《ごい》のはしばしにきらめく、鈍いが強靭《きょうじん》な光のようなものに惹《ひ》かれて私は話をはこんでいた。水沼靖夫という名前に記憶はなかったが、昼すぎから話しこんで、彼が拙宅を辞したのは夜の十二時をすぎていた。後に私の書棚から、やはり薄っぺらな彼の別の詩集をみいだして何となく恥じたものである。

その後、近江詩人会に入ってからの彼の詩作にはめざましいものがあった。二年おき位に「工人」「惑星」「遠心」という詩集をだし、「遠心」では、日本現代詩人会の会員投票数では一位のH氏賞の有力候補となった。まだ新しい家をそのまま閉ざして、彼は家族とともに、転勤のため東京の東レ社宅に移っていた。東京を足場にして、同人雑誌にもはいり、「水夫」という個人詩誌もだし、今年になって三冊目をだしたところである。一月一日づけの創刊号にはさみこんだ私信があり、年末の風邪熱のことが書かれている。今思えばはっとするような記述である。

彼は東レでは、人工臓器の開発というメディカル部門での逸材であった。そして、宇宙や物質の構造と対応するように、人間の肉体や居住空間などを、独自なカメラアイでパンしていくような詩を、開発していた。いまの詩人たちがうけいれるには、あるいは、五年か十年早かったのかもしれない。それにしても、ガン細胞の増殖というような異変になぜ気がつかなかったのだろう。

彼が

肉体は、遠くから来て遠くへ行くものの、現われた形である。

遠くから来たものを遠くへ伝える、容器である。

という一節を書いたとき、その意想外な抒情の質に私は驚いたが、彼は、「遺伝のことを書いただけですよ」とすましていた。

私が見舞ったときも彼は激しい咳《せき》に苦しんでいた。あお向いてはねられなかった。ベッドからおりて椅子《いす》にすわり、枕頭台に胸をおしつけながら病いとたたかっていた。尻の肉がおち、とがっていく骨盤での安座を、夫人はひどく気づかっていたようである。呼吸困難がひどく、モルヒネをつかうようになると、すわるからだがぐらぐらゆれる、眼鏡がわれると危険だからとはずそうとすると、「物の輪廓がぼやけるから」と拒んだそうである。化学者め！

呼吸困難がはげしいのをみかねて、声がでなくなることや危険を承知で、最後に気管の切開を頼んだとき、でない声をふりしぼって「よろしくお願します」と彼は言った。気管がひらいたときに彼は終わった。

彼の最後の記述となった美しい散文がある。

「卵細胞が卵巣内で発育し成熟したとき、細胞が破れて卵子が排出される。その卵子は子宮の闇の中をゆっくりとその中心に向って下りてゆく。まさに白色矮星《はくしょくわいせい》のように、薄暗く光りながら移動してゆく。そして受精しなかった卵子は、超新星のように散ってしまう。（略）
　このようなアナロジーを私はよく想う。特に白色矮星の美しさを想い浮かべる。それが生でなく死の様態であることを思いながら。」

師弟

　私は京都に通勤しながら詩を書くようになってから三十年以上になるが、その間貧窮のなかにいて天職のように詩を書きつづけている、京都下鴨在住の天野忠さんの作品と人柄に接してきた。そのことは、私の生きかたの目にみえない部分に浸潤していると思うし、自分のなかのその部分を意識できないほど自然体になっている。あらたまって先生という呼称を使わないできたのは、作品をいつまでも自由に評価するための、敬して慣れずの意識的な留保があったからである。（これは私と後輩の場合にも徹底している。）

天野忠さんが、突然下半身の不自由を訴え、脳神経外科で評判の大津市民病院で手術されることになった。私は近くに住んでいるので、時々お見舞に行っている。はじめは石山駅から国道バスに乗っていたが、膳所駅からJR線の下のトンネルをくぐって国道にでればいいとわかった。バス代が不要である。

国道一号線のはげしい車の動きにそって歩いていると、「史蹟龍ヶ岡俳人墓地」という標石があるのにたまたま気づいた。せまい、やや急な短い石段がついている。芭蕉についての識者ならば、とっくに承知のはずのこの墓地を私は知らなかった。あがってみて驚いた。スーパーの靴屋の店先の駐車場に追いたてられるように逼塞《ひっそく》しているこの小さな台地には、芭蕉の高弟の丈草《じょうそう》の墓をめぐって、東華坊、正秀、雲裡坊、蝶夢、巴静、梅室、文素可風等、芭蕉の高弟か蕉門にゆかりのふかい人々の墓が、運座《うんざ》の形に円をえがいている。仏幻庵址という標石も一隅にある。

丈草の墓は、ごく小さな自然石に丈艸と彫られている。後に梅原与惣次《よそじ》『芭蕉と近江の人びと』で詳細を知ったが、もと犬山藩士内藤丈草は、芭蕉の発病時、義仲寺草庵（無名庵）に起居していたのを、いそぎ参じて看護にあたり（三十三歳）、没翌年の元禄九年にこの地に仏幻庵を結び、同十四年に柴門を閉じ、三か年先師追福の誦経に明け暮れて、四十三歳で蒲柳《ほりゅう》の生涯を閉じた。在庵時には、このわずかの地を耕して薬草や野菜を植え、特に喜捨もうけず、同門や農家の心遣いで簡素に生き、顕示欲の少ない人で、去来と親しく蕉門のあつい敬畏をうけていた。

昭和二十年に国道一号線が新設されるまでは、こんもりした台地に幻住庵にちなむ椎の一樹があり、木立もふかく、藪かげに藪柑子が朱を点じ、静謐《せいひつ》そのものの墓域であったらしい。いまは騒音の石階に椿が散っている。

師弟

大学でなら、師弟のかかわりは呼称からしてすぐできるだろうが、詩を書くなどという、勝手気ままな世界では、自分の思いかた次第である。それに先生と呼ぶのも呼ばれるのも嫌いで、三十五年間、家庭にも親しく出入りさせていただいた天野忠さんを、ついに、さん付けで通させてもらった。でも、内実としては、師弟以外のなにものでもなかっただろう。肺結核・腸結核で六年療養した国立療養所紫香楽園のベッドの上で、その作品を知り、天野忠さんに会う手づるがあるというだけで、京都の軽印刷の小さな店に就職し、三十年間転職も考えずに勤めあげたのだった。その間折にふれ天野忠さんを論じる機会があったのは、ひとつには、昭和三十二年暮れから京都に出入りしだした新参者の私でさえ衝撃をうけたのに、皆なぜこのすごさに気づかないのだろう、という思いこみのごう慢さからだった。

一度慶応の西脇順三郎さんを京都の南禅寺に迎えたとき、エッセーで知られていた鍵谷幸信さんが、文字通りかばん持ちで先導しているのを見た。西脇さんは悠揚と歩かれたが、権威とはこんなものかと思った。臆病小心な天野さんは、りっぱなかばんも何種類かの背広も持たず、英国仕立てと自称の一張羅《いっちょうら》で通されたが、さらに貧しかった私は、やせこけているのが共通なだけで、なかなかそばに立ちならべなかった。つまり、二十歳ほど懸隔のある先達のグループ(わが印刷屋の社長、詩人山前実治さんを含めて)に溶けこめず、またそんな気も働かなかった。

それはそれで、いいかかわりであった気がする。貧しいなかから営々貯蓄して著書を重ねる天野さんほど、私は、自分の天分が詩人であるという思いこみも、家族を犠牲にする自信もなかった。先達の「忠ナラントスレバ新ナラズ」のヤユは素直に受けたが、「忠さんを出世のふみ台にしている」という中傷には、そんな浅薄な読み方しかできないのか、と思っていた。おべっかということ自体が、天野さんの生きかたに反している。自他ともにズバッとした視線で切ることで、強くなってきた人だった。著名なシナリオライターに「シナリオ屋さんの文は粗いな」とすらっと言いのけて、怒らせたのを目の当たりにしている。

私の初期のエッセー集（天野忠・石原吉郎論を主とした）や詩集をだした時は、親身になっていただいた。「タイトルがむつかしくて」と言ったのを受けて、私の印刷機のそばまで、三、四点の候補タイトルを持参してくださったのだった。『沙漠の椅子』『藁のひかり』はこうして誕生した。今でもとびっきりのタイトルだと思っている。

ただ天野忠さん特有のイケズもしたたかに被った。一度は詩集のあとがきに「生きざま」という言葉を使ったとき。一度は出版社主の好意で、限定五十部の特製本（ペーパーナイフつきの、昭和四十七年八千円の本）を作ったとき。その二つの文とも、初出は、この「現代のことば」欄であった。あと五年もご存命であれば、お返しもできたものを。

真贋のかなた

桜前線という言葉を見たり聞いたりすると、新聞の気象欄の小粋《こいき》な短文を愛読していた、詩人安西均氏のことが思いうかぶ。まだ寒く冷たい二月八日に亡くなった。「春の眞贋《しんがん》」という題の詩で、真贋いずれ虚妄のことさ、という感慨をつづっておられた。

「あれだって《ママ》　ほら塩化ビニールや紙の桜だって／商店の軒先や安キャバレーの壁でうっすら埃《ほこり》をつけて／わたしの死後にも咲きつづけるだらう／眞贋などと言ふけれど　所詮《しょせん》そんなものだらう／死よりもずーと遠い崖《がけ》のやうなところで／ほのぼのと　ほのぼのと混じり合って咲くのだらう」

詩人を自称して、羞恥《しゅうち》をおぼえないような心の存在に、いたたまれなさを叩《たた》きつけておられた。自他区別なく、自分をふっとよぎるそんな想念にも身ぶるいしておられた。

詩集『イエスの生涯』を編纂《へんさん》されるほどのキリスト者でいながら、神の名を口にしたり、言葉にとどめたりすることにも、はじらっておられた。

酒や日本の古典や女性が好きで、ユーモアとエロチシズムとリリシズムが、氏を卓抜な詩人にしたし、自由を愛する心情が幾多の警句を飛ばさせた。根っからの権威ぎらいだった。

京都の詩人天野忠氏とは、下戸《げこ》、上戸《じょうご》の関係で、談論風発の場こそ見なかったが、おたがいに、ある種の理想の姿をみておられた。「日本一の詩人だ」という言葉を相互から聞いた。

天野忠氏は安西氏より三カ月あまり前に先だたれ、八十四歳だった。酒びたりで癌《がん》をまねいた安西均氏は七十四歳だった。

私は幸いおふたりと親しく接する幸運をもったが、おふたりに通じるのは、真贋を遠くユーモア化させた、人間味だった。安西さんは、詩とは、涙をペン先につけて書くものさ、といっておられるし、天野さんの究極は、「あーあ」という嘆声に通じる人間のさびしさであり、なつっこさであった。

顕示欲などさらさらみえそうもない、おふたりだが、詩人も表現者である以上、独特の顕示性はさらすものだと思ったことがある。

安西均氏の場合は、なくなる二年前にだされた選詩集「銃と刃物」の口絵写真に、ご自身の居合抜きで、ポーズのはたときまった瞬間のものを入れられたことである。ややジャン・ギャバンに似た風貌《ふうぼう》で、唇をうすく締め、視線をニヒルに散らせたあたりがなかなかいい。

氏はなくなる日の朝、看護婦さんに、「クリスチャンですか」と問われて、「半分くらい」と答えられたそうである。

天野忠氏は何といっても、詩篇《しへん》「動物園の珍しい動物」であった。「人嫌い」と貼札《はりふだ》のある檻《おり》に、毎日でかけては、客に背中を見せて椅子《いす》にかけている。自分を漫画風に書いたものである。愛妻にミルクとパンの差し入れをさせることまで書いてある。

愚兄賢弟

京都から前橋市に転住した女性詩人からハガキを貰《もら》った。

「清水哲男さんの萩原朔太郎賞授賞の会に行ってきました。清水哲男さんのお話しなさる顔と声が、大野さんにそっくりで、驚きました」

清水哲男君は、一九六二年二月（昭和三十七年）に京都で旗あげした詩誌「ノッポとチビ」の同人のひとりで、私とは十歳若く、まだ京大の学生であった。たしかに、彼は痩《や》せぎすで、ひょろりとしていて、私に似ていた。弟の昶《あきら》君より似ていただろう。

また東京でたまたまでくわした私の弟とみくらべた私の父は、本当の弟よりも弟というべきだ、と証言していた。

後に東京から逢《あ》いにくる人は、

「清水哲男の兄と思えば、見当がつく」

といわれて来たものだ。

だが、賢兄愚弟（佐々木邦《くに》にこういうユーモア小説があった）といわれる通りである。彼は、私より三年前（昭和五十年）にH氏賞を受け、今度は、六人の候補者のなかでは私も一応並んでいたが、選者の評議は乱れることなく、彼に落ちついた。『夕陽に赤い帆』という詩集だけではなく、日頃の名料理士に類《たぐ》えられる、材料に対する包丁の冴《さ》えのようなものを根底に感じている目で、決まるものは決まった。

先月十一月二十一日、哲男君が姫路にでかけた帰りに私方に寄ってくれた。ひとりでお祝いをする形になった。どちらも、ビールをえんえんと飲み、うまいあて少量あれば足る形である。

彼は私に『蒐集週々集』という出たばかりの本をくれた。週ごとに産経新聞に連載したコラム集である。くだけた文体のなかに、ピリッと光る目がある。こういう軽さを彼は習練してきた。ヒロイックな、かっこいい文体から、反りあがろうとする姿勢を自ら剝《は》いで捨ててきたのは、FM東京でのキャスター生活や、俗にわたる関心に、平たくつきあってきたからだろう。

見返しにサインがある。贈るあいてが、私と「なつめちゃん」になっている。菜津女という私の命名は、六カ月をこえた、できたての孫である。俳句の好きな彼は、命名に俳人の匂《にお》いを嗅《か》いだが、そう運ぶとは思われない。

昭和五十三年に、私がH氏賞を受けた時、彼は「詩学」で正津勉《しょうづべん》・佐々木幹郎君との三人で鼎談《ていだん》をひらいてくれた。その内容で、私は彼にひとつだけ驚異を与えていることを知った。それは麻雀だった。「ノッポとチビ」のメンバーで雀卓を囲んだことがあった。牌《ぱい》のめぐりがよくて、私は国士無双のテンパイになっていた。

何くわぬ顔でイーピンであがったとき、それは、清水哲男君のなかで人格化されていたわけだ。

「もちろん、ポーカー・フェースよ」

正津君や佐々木君は麻雀を知らぬはずだが、詩人論が喩化《ゆか》された形になっても、平気で応じていた。嵯峨信之さんが、「面白い」と応じてくれて、私は阿佐田哲也なみの雀士になっていた。

生きる選択

七月十三日の日曜日、金時鐘《キムシジョン》氏の『「在日」のはざまで』の出版記念会が、大阪でひらかれた。来会する者二百人あまり。遠くは東京、九州からの人もあり、また、この「現代のことば」欄の筆者も何人かお見うけしたので、あるいは、言及する人がダブるかもしれないが、二次会をふくめて、終始、熱のこもった会であった。

彼は詳述している。太平洋戦争下の全羅南道で、日本語を修得する経緯や、当時の洗脳で、皇民として生きようとし、終戦にいたったあとの驚愕《きょうがく》。それ以後の来日と、被差別へのたたかい。「在日」してはじめて自由な批評的位置にたてる南北朝鮮の統一への熱い願望。神戸の、大勢の被差別部落民や朝鮮人を生徒とする、公立夜間高校で、「朝鮮語」を正規の授業として教える際の、具体的なさまざまな困難やたたかいなどを。

どのひとつをとっても、非力を痛感せざるをえないが諦念《ていねん》をもつわけにはいかないという著作によって、早くから注目させられた詩人であった。

彼は最後の挨拶《あいさつ》で、長い同志ですぐれた作家である真継伸彦氏を前にして、

「何で、小説家の方が詩人よりえらいのか判りませんが」

と、笑わしたあと、

「小説を書けという声もありますが、私はこのエッセイも、詩を書く気持で書いています」

と結んだ。


多分、この言葉は、その表層でしか受けとられていないと私は思う。事実、彼の日常のたたかいの詳細は、エッセイや講演の多くによって伝わったものであり、報復という前段階的な心情から、対立の問題をどこまでつきあげたあとでも、朝鮮人自身の内部の問題がのこるという指摘にいたるまで、散文による分析がなければ、私たちは彼を理解しえない。

私は金時鐘氏のエッセイを読みながら、平行的に思いうかべていたのは、かつて追求していた、石原吉郎氏の『望郷と海』であった。石原吉郎氏はソビエトの強制収容所から帰国したあと、かなり難解な、それでいて、刃《やいば》のように、美しく鋭くひとの心にくいこんでくる詩句によって詩人になったひとである。そのエッセイによって、彼の内部が解明されてくるのだが、収容所内での飢餓の時期に、少量の食べ物をたたかいとる精神の習慣によって生きのびた、隣人を「敵」とみる不可解な発想によって、深傷を負っているのであった。

すべて国家的犯罪というものは、フタをした瓶のなかに二匹の蛇をすまわせているようなも

ので、フタをした主の存在に気づくよりは、同居者同志が争うにいたる。

と見ぬいていたのは、おくれて強制収容所から帰国した内村剛介である。氏は地獄をみおろす視野の高みにいたから、そのまま評論家になった。

一方、石原吉郎氏は、書きうるだけのものを書きつくしながら、酒による、緩慢な自死をとげた。行為における解放はなかった。

金時鐘氏のお父さんは、書架に日本語の蔵書をひしませておきながら、日本語を話さず、改姓をせず、済州島に逼塞《ひっそく》していた志の人であった。終戦まで、それがみぬけず、なぐられながら覚えさせられる日本語教育に率先して模範生となり、朝鮮語を話す同級生を密告して育ったという金鐘時氏が、詩人として生きることに、私はある必然を感じるのである。

民族意識のなかの日本語

金時鐘の「クレメンタインの歌」をはじめて読んだのはいつだったろう。手もとにある谷川俊太郎編『ことば・詩・子ども』（第一巻）、『クレメンタインの歌』、『「在日」のはざまで』（いずれにも収録）のなかでは、谷川編のものが、一九七九年四月刊でもっとも早いので、その折かもしれない。その本は、世界思想社の当時の編集者、黒瀬勝巳から五巻本まとめて購入したもので、その折、「金さんのは凄いよ」と、付言があったような気がする。それから二年後、私たちのまわりで刺戟《しげき》的ないい詩を書いていた黒瀬が自殺したので、からめて集約された記憶になってしまった。

私は、一九二八年に、金時鐘の生活していた隣の道《どう》、全羅北道の群山《クンサン》で生まれ、敗戦で引き揚げるまで定住していた。多分中学生時代五年間の私の教育内容は、一歳年少の彼の四年間の教育内容と大差はなかったであろうと思われるが、それが、意識のうえでどれほどの大差であったかということを、彼はあの一篇のエッセイで私にたたきつけたのであった。

私たちは小学校（普通学校）では別々に教育され、中学校になってはじめて、日本人の半数位《ぐらい》の選りすぐりの朝鮮人を級友として迎えたのであった。「クレメンタインの歌」にあるように、罰則でなぐられながら日本語をおぼえ、母国に住みながら母国語を封殺されて、ハングル文字ひとつ書けず、天皇の赤子《せきし》、皇民として洗脳されたこと。洗脳されきった彼としては特に、知識人の父との間に消しようのない確執を育てていった事情など、知るよしもなかった。とにかく級友の口の端から洩れる朝鮮語は一言一句とてなく、彼らも日本語での思考に慣らされてから入学したのだった。日帝三十六年という植民地の支配力は、崩壊前の緻密さをもっていた。

私の家は富裕で、目抜きの通りの一角にあり、私は凡庸であった。ただ、中学校にあがるまでの私は、徹底したいじめられっ子で、今なら登校拒否児だろう。それに意気地がなかった。おびえをもたずに他人が見られなかった。暴力のきりかえしが効かなった。

それが中学生のころから消えた。勉強すれば成績があがった。ふしぎだった。文学に縁のない家の押入れにつっこんであった円本の日本文学全集を読みはじめた。

金時鐘は講演の名手である。毎日出版文化賞を受賞した『「在日」のはざまで』は、講演録をおこしたものが多いと聞いている。スピーチの流れのなかで考えることができるひとである。人間の自然に回帰するロマンティシズムがあって、目で追って読んでみても感動する。美しいといえる。「クレメンタインの歌」「私の出会った人々」等、これらを金時鐘が日本語で書かなかったら、何か大きなものを私たちは失ったことになる。

「日本語へ……詩人の立場から」という題を与えられたとき、私は、おそらく編集者の意図とはちがうであろうが、生まれた土地で習得し、いまでもその表現慣習から逃れられないでいる植民地用の標準語のことと、同じ言葉で思考を強制されながら、言葉だけはひきずっている金時鐘のことを思わずにはおれなかった。

金時鐘のエッセイにほとんど私の異和感はない。エッセイは、いい翻訳文を含めて、もともと国境をこえているものである。意味の伝達がスムーズにいけば、乱暴ないい方ながら、半ば意図は達せられるところがある。

だが、詩は、そうはいかない。たとえばエリュアールの有名な詩「自由」は、フランス語のあらゆる含蓄《がんちく》なしに、レジスタンス運動後にのこり得ようか。

金時鐘からは『猪飼野詩集』と『光州詩片』の二冊の贈呈を受けている。彼は南北の分裂を悲しみ、「在日」を冷静に批評できる拠点にしようとしているので、日本でおこった朝鮮の問題も、韓国の事件も詩人の目として統一される。私が、自分自身の詩を含めて、読みなれた日本人の日本語を読むように読もうとすると、私のなかの感性の一部分が、ぴしっと拒否されるように感じる。たとえば、光州刑務所に収監されてのち四十日の抗議の断食をして三十歳で死んだ、元全南大学生会長の朴寛鉉《パククアンヒョン》を悼む「噤《つぐ》む言葉」という詩がある。

ときに　言葉は
口をつぐんで色をなすことがある。
表示が伝達を拒むためである。
拒絶の要求には言葉がないのだ。
ただ暗黙が差配し
対立が拮抗する。
言葉はもはや奪われる事象からさえ遠のいていて
意味はすっかりかかえられた言葉から剝離する。
意識が眼を凝らしはじめるのは
ようやくこのときからだ。

（冒頭部分）

詩としての日本語は、古来人麻呂や西行や芭蕉が奥行きをつけたというふうに言ってもよかろうが、「撃ちてし止まむ」の時代の人間形成にも彼は積極的に日本語の伝統の上にたつ日本人であろうとしただろう。「解放」後、彼は「爪で壁をひっかくようにして」朝鮮語をおぼえ、今は公立の定時制高校で「朝鮮語」の先生になっている。

私が金時鐘の詩のなかに感じる異和感は、日本語の伝統を剥ぐような形であらわれる語体である。それは本来の形からいえば、瘠《や》せているようにもみえる。抽象を、さらに抽象しようとするような、語群のいらだち。私たちが毎朝の朝日新聞で、大岡信の「折々のうた」を読み、言祝《ことほぎ》の気分でコーヒーを飲むようには、彼の一日は始まらないだろう。あえて瘦せさせて、挑むように使っている日本語が、しばしばすすり泣いている。

そうして堕ちているのだ。
窓の桟《さん》にうっすら時をとどめて
知覚の空洞を悲鳴のなきがらが塵と降るのだ。
いつの時にも
のどぶえで裂けた音はいち早く中空をつき抜けてしまったので
花びらだけが
無辺のしじまを舞ってゆくのだ。
たぶんそれがめまいなのだろう。
つきない執着にわなないている
己の深い奈落なのだろう。

（「崖」部分）

『光州詩片』には、それこそ地を爪でひっかくようにして満州から引き揚げてきた三木卓が、積極的に解説を書いている。フランスの詩人や朔太郎・白秋に詳しい飯島耕一が、何かで、この詩集を推《お》しているのを読んだことがある。

三木卓が解説を書くということは、私にとっては、「鶸《ひわ》」や「曠野」の作者が、金時鐘のなかの「日本語」の命運に同時代者として並び立とうとしていることのように思えた。

群山での私の家の周辺には、朝鮮人の家はなかった。級友がどこから通学してくるのかさえ知らなかった。日本へ来て（帰国という思いはなかった）父は胃潰瘍で二度の手術をし、母は何度も中風で倒れ、弟たちは学校をやめて働き、私は大喀血をしたのち、生活保護法をうけて療養所にはいった。腸結核をともなっていた。血便となり、開腹手術をし、肋骨もきりとった。無所有のベッドのなかで、見えないものをみようとしていた。一九四九年以来のことだ。ストレプトマイシンはまだなかった。療養所は満員で空床をいつも誰かが待っていた。それに応じるように、毎日人が死んだ。私の日本語はそんななかでうごめいていた。

京ことば

一度「銀花」という雑誌のこころみで、福島の斎藤庸一、高知の片岡文雄との三人の、方言による手紙形式の詩を書かされたことがある。私だけがミス・キャストだとは思ったが、あえて挑戦したあげく、「なんや、標準語で書いた詩を、あとで、京都ことばに翻訳したみたいやおへんか」とやられてしまった。方言は思想だなどと日ごろ言っていて、その裏証明を自分で果たしたようなものだった。私は中学校をおえるまで、いまの韓国の、植民地における標準語で育ったので、無色・無味、無臭・無思想のわが言語感覚を、どの地方にいっても感じるのである。

京ことばは、やはり女ことばがいい。私は時々詩人天野忠氏の家に、夫人との会話を楽しみに行く。京都出身ではないのに、実によくなじんでいて、訪来者は皆うっとりする。姿の華奢《きゃしゃ》なのも条件のひとつのようである。

京都に関する詩集は多いが、京ことばの詩集は意外とすくない。情報社会が瀰漫《びまん》するにつれて、方言が虱《しらみ》つぶしにされるのを、くいとめようがないからだが、自然に保持されているのが、喜寿の天野忠氏くらいまでの世代であろうから、資格のない私などは大いに淋《さび》しがっていたものである。

実はいま制作をおえようとしている詩集がある。題名も『祇園ばやし』というもので、「京都のことばかり書いているので、出版も是非京都からということにしたくて……」と早くから頼まれていた詩集である。著者白川淑《よし》さん（神戸市在住）は「あとがき」で次のように記している。

「明治、大正から、倒産する昭和初期まで、わたしの（祇園に住む）先祖は、人力車営業より身を興し、やがて外車十余台を並べるハイヤー業を生業《なりわい》とする迄になり、老舗《しにせ》を誇っておりました。他方では、社会への奉仕として消防組織の組頭を務め、特に社寺の守護には力を入れたらしく、祇園八坂神社や北野天満宮に奉納されている絵馬に、大きく名を連ねています」

その財を、彼女の祖父が祇園で蕩尽《とうじん》してしまったというのだから、こんな有資格者はいない。身うちに騒いでいる血のルーツをさぐるように、無形の財産であるつてをたよりに、録音テープを大いに活用して、作家的執念でまとめあげたものだ。頼まれて、帯に書いた言葉のなかの、「代々祇園に住んで、ある格式をもった家でないと純粋には伝わらないあの界隈《かいわい》の京ことば。色町特有の、男のしたごころのなかにおよぐ、金魚の尾ひれのような、はんなりした抑揚」が、女ごころを軸にした構成のなかでにおっている。

私は、昭和二十年暮れに滋賀県にひきあげたあと、坂本龍馬のドラマなどで知られている土佐弁の高知で高校生活を送り、その後、喀血《かっけつ》して信楽の国立療養所に青春期の大半を埋めたが、入所してきた美しいお嬢さんにかた思いの心を抱いたことがある。京言葉で育った人で、「……しよし」とか「……しとおみ」という柔かさは、「おまん……しちゅうろう」とか、「そやきに」などという、「まっこと」海臭い方言をへた私にとっては、どれほど二十三、四歳の心にしみたことか。てんごうで、足の甲にはだしをおかれて、頭の芯《しん》まで電流が走ったことがあったが、むこうの方ではこちらを「えずくろしく」思っていたにちがいない。『祇園ばやし』で拾った言葉だが、「あんなえずくろしいもん」とは、また京ことばの一面をあらわしていて、心の底《そこ》まで冷やす言葉である。

「田舎」の詩人

福島県の郡山市からでている「鞴《ふいご》」という同人詩誌をめくっていて、三谷晃一氏の一文が目についた。氏は垢《あか》ぬけしたいい詩人で、まずは名前で目がとまったというべきか。

「これは十分に考えぬいたことではなく、人によっては、バカげたこと、として一蹴《いっしゅう》されるおそれのある考え方であるけれども、わたしはこのごろ、詩には『東京の詩』と『田舎の詩』という、二種類の詩があるという気がしてならない。」

という書きだしで、要するに、「東京の詩」とは、「時間」の詩で、「田舎」の詩とは、「空間」の詩だというわけであるが、田舎では時間がゆっくり流れているので、長い間に空間的な生活圏がしっかりかたまっていて、たとえば隣りの町に移住しても、なかなかその生活にとけこめないような特殊性が頑としてある。ものにしても、郡山市の郊外にちょっとでれば、「自在鍵《かぎ》」なども現に使用されている。東京では博物館ものだろう。というような例から「わたしはここで、時間を非とし、空間を是とするのではない。この二つのエレメントのかみ合わぬところに、詩の成立するはずはない。しかしこのごろの〝田舎〟の詩人をみていると、ただ情報化社会の故だけでなく、東京の詩が是としているところを、自分自身も是としているようにみえる。」

という指摘がなされている。

抽象化のはやい、いわゆる頭のいい東京にむらがっている学者詩人たちの詩が、現代詩の見本だというのはおかしい、という考えは私のなかにも早くからあって、五、六年間は時評で書いてきたし、一年に一度、地方の頑固な詩人たちとであう会も十数年続けてきた。それほどながく、私は「田舎」の詩人に憧れてきたといえるだろう。そういう経過のなかで私が身にしみて知ってきたことといえば、私自身が「東京」の詩人でもなければ、「田舎」の詩人でもありえない、という認識であった。いまの韓国で生まれて、当地の中学校を卒業した私にとっては、どうあがいても、「田舎」者の根であるべき方言所持者でないということがある。その意味では醇《じゅんこ》乎とした京都弁を駆使できる天野忠氏は、りっぱな「田舎」人であろう。引きあげたのち滋賀県に住み、京都に二十余年通勤しているものの、それが小野十三郎氏の大阪におけるような表現母胎にならなかったということは、二次的な意味で、「田舎」を獲得しえなかったということであろう。土地に根づかないということで、ながらく、ひそかなコンプレックスを私自身育てたような気がする。「詩」という語の由来は知らないが、言ベンに寺とあるからには先祖の墓地をもつ者の言葉と読んでもいいだろうし、寸土の言葉とも読める。地霊を得たものの言葉であるような気がする。言葉を司どると書く、作者ひとりの力を強調する、作詞家の詞とは少しニュアンスが異なる。

敦賀の岡崎純氏、福島の斎藤庸一氏にであったときに、私には、そういうひとつの具現をみたような思いがあった。いや、もっと身ぢかな安土に、故井上多喜三郎氏がいた。そういう「田舎」の詩人の言葉と、私ははっきり隔てられていた。

戦後しばらくして、結核で死にかけたこともあって、自分の生存を仮の存在、生活の場を仮の枠組みと思うような気持がずっとあった。私が「田舎」の詩人に対して不満を感じるところがあるとすれば、地縁生活者の親愛に慣れるところである。仮の枠組みと思えば、そのなかを通過するものは見える。自分のなかを経過するものの傍観者として、私は詩を書いてきた。

情報化社会の侵蝕や平均化の波で、若い表現者たちは、私の場合とは別の意味で、「田舎」の詩人であることから漂白されつつある。「田舎」の詩人であることは、今や、運命的なものに加えて、個人のたたかいとして獲得すべき時代になっている。

湖と詩人

「湖国」という語を、私たち近江の人間は、安易に使用して疑わないが、実はこの語は、たとえば広辞苑の認めるところではない。いわば造語であるが、誰も異議をはさまないのは、琵琶湖の圧倒的な大きさと優美さ、古来歌や句の対象になり、ひとの魂をゆさぶってきた文学史から、他県に比類ないものと自認しているからだろう。

こんなことを書きはじめたのは、たまたま私は、松江市の出身である新井啓子の処女詩集『水椀《みずまり》』に『わが出雲・わが鎮魂』（昭43）の詩人・入沢康夫と一緒にしおりを添えたからである。入沢の文に

「ラフカディオ・ハーンの松江在住は、実のところは、一年と少々だつ《ママ》たに過ぎないのに、あの町は、彼の心に最も大きな印象を残した――このことでもうかがへるやうに、あの町には、不思議な魔力＝魅力がある。西と東に大きな湖をひかへ、南北に山々、丘々の連らなりを望むあの町には、単に風光明媚のせいだけではない、暗く悲しい吸引力を持つてゐる」

とある。今年八月に、ねっからの松江の詩人田村のり子が、ハーン来日百年で詩集『ヘルンさん』の大冊をだしたのを考えあわせると、琵琶湖もうかうかしておれない。
新井啓子は、仏教大学の詩の講座で私の接した女性であるが、つよくひきつけられたのは、母の話体で祖母を語っている次の文にふれたときである。

あんたに子供が生まれるときも
「魂《たま》がもりあがってきちょうわ
もりあがってきちょう」
って言っちょうなった
すましぞうに食べながらだわね
言いなったらすぐに
病院から知らせがあったと

（「円城寺」部分）

詩というのは、単なる知性や感性、単なる語学力や記憶力からのものではなかろう。詩という文字を分解すれば、寸土の言葉となるといった人がいるが、祖母が孫の出産を気づかっているると、遠い産院から霊感がはしってきて祖母のふところにとびこみ、思わず「魂《たま》がもりあがってきちょうわ」という、不思議な叫び声をあげさせたという、その土地の言霊《ことだま》と不可分ななにかがかかわっているのではなかろうか。

私は、ふかい怖れをもって、講座の席でも先生と呼ばさせない。師弟関係で詩人にはなれない。

湖北の詩人

その多さに耐えかねてのことだろう。賀状を受けとってから書きはじめる友人がいる。日ごろ詩集の礼状を批評を含めてきちんと書く高知の片岡文雄はそのひとりだが、彼の二十年前の随想「湖北の詩人」を、たまたま、新春早々の長浜の詩誌「真珠」の再録で知って心うたれた。その詩人とは長浜の故人武田豊のことである。12月21日が命日で、三回忌を終えた。早くから目と耳が不自由で、詩の夢想に生きるよりすべのない人であったし、その夢想を命終《みょうじゅう》まで可能にしたのは、夫人の支えによるものだった。早くから生活力を失った詩人を、美ぼうの夫人は決してばかにしなかった。古本屋ラリルレロを維持し通したのも、会費納入の不安定な同人詩誌「鬼」を55号まで続けたのも、夫人が生活費を絞ったためだ。片岡文雄が高知への帰途、交通不便な長浜に立ち寄ったのは、彼が「鬼」同人として招かれていたからで、石原吉郎・天野忠や私なども含めて、皆、武田豊の夢想のなかみであることは、とっくに承知していた。

だが、辺境の詩人であることを自称する片岡文雄にとって、視聴覚の不自由さによって、さらなる辺境に住む武田豊はどうだったか。

片岡の文は、武田豊の驚喜をまのあたりに見せる。

〈五十前後の地味だが、立派な顔の婦人があらわれた。「シコクのカタオカです。Tさんはおいでですか」と伝えると、婦人はしっかりした、いくぶん急いだ声で、のれんの向うに声かけた。一度では聞えないらしく、もう一度伝えると、「なにッ」と絶句する人の気配がした。よろけるようにして出てきた人は、髪も薄い六十ぐらいの色白小柄の人であった。それにステテコ姿。その人は度の強いメガネをぼくの顔にすりつけて、「あのトサの……」といって、ことばをなくした。手には補聴器、歯並みも乱れている。驚きとよろこびで眼と口がひらかれたままになっている。〉

正午すぎの汽車でないとその日のうちに帰郷できない片岡に、泊るよう繰り返しすすめ、大通寺を案内し、豆腐田楽《でんがく》・はすの丸焼きで接待し、夫人の酒を待ちかねて立ちあがっては扇風機につまずき、送りに出た駅では、乗り込む眼前の人が見えず、小鳥が首をかしげる顔で涙を流して立つ武田豊をみて、冷静な評論家でもある片岡文雄は告げる。

〈座席につくと、ぼくはこらえかねて泣いた。顔を強くおさえこんで泣いた。〉

肺病作家の残党

「おれはロマンの残党だ」といった作家がいたが、その伝でいうと、さしずめ私などは「おれは肺病作家の残党だ」ということになる。死に神のようなイメージで、自慢できるものではないが、いわば死の椅子の上の座者の思いで、ものを書き継いできたことに疑いはない。

一昨日、広島の友人から、杉本春生氏が入院されたという電話をいただいた。詩・小説・哲学・美術にわたる鋭い評論家であり、かつ詩人であって、私も詩集の解説をしていただいている。肺活量のすくない人で、階段をあがるのに、ほとんど登攀《とうはん》の決意を要するのを、何度か目にしている。

敗戦前後の飢餓の時期に、日本は肺病の山だった。療養所は満員で、毎日出る死者の空床を、次の死者が埋めていた。大喀血《だいかっけつ》後のレントゲンで、私は右肺尖部の空洞から、右肺いっぱいにシューブした白い花火の陰画をみたが、その後やっと空床を得たのだった。

吉行淳之介、飯島耕一、黒田喜夫らが東京の清瀬療養所にいると聞いたのはいつだったろう。肺病は、本当にいやな病気だった。私は腸結核を併発していたから、なおさらだったが、めいめいの椅子のうえで、海蝕《かいしょく》のような浸潤を胸にうけて、ごぼごぼと痰《たん》を吐いている、極めて意識的な存在だ。残党といっても、本来徒党のくめない集団であって、隣人の死にもほとんど無関心である。ただ遠い表現者は気になった。表現への逼迫《ひっぱく》を、どのように秘めているかに、勝手な共犯意識のようなものをもっているだけであった。

「危機は脱したようですから」

という電話のあと、私は眠られぬままに、杉本春生著『愛と死への旅（日本の自然と美　海・岬）』（ぎょうせい刊）を読み直しはじめた。丸岡孝の美しい写真を付した、日本全土の海や岬に関する文献紀行である。これをいただいたとき、思わず氏の肺活量を危惧《きぐ》したのは無理からぬことだろう。直接の紀行文は、従って、氏の呼吸量の幅にとどめられている。

「若狭――伏目の風景――」は氏の足で記録されているが「酸素不足から心臓病だそうです。」ということを聞かされたあとでは、三方五湖のうちの「水月湖」の記述が身に沁《し》みた。

〈きけば、水深が三十メートル以上もある水月湖には、浦見川から海水が注がれ、日向湖は、旧藩時代、嵯峨水道によって水月湖とつながれたため淡水が流れこみ、その結果、比重の大きな海水が湖の下層によどみ、軽い淡水が油のようにその上をおおうことになったという。〉

従って下層の海水は空気を断たれて、無生物層となり、フナ、オイカワ、ハスなどは、五〜十メートル以内にしかすめない。網漁などであわてた魚が死層にもぐりこむと、忽《たちま》ち窒息して浮くのだそうである。

〈水の中で考える魚がいたら……と、私は唐突に思った。急に息苦しくなった。だが、この旅する私も、日々、死層に向かって旅する、ほかいびと（乞食）に他ならぬではないか〉

とある。

作者未詳の紀行文『海道記』（一二二三）の文中、浜名湖の波に「波の皺《しわ》、水の顔に老いたり」という比喩《ひゆ》を用いているのに驚いたりしているのも、なるほどと思う。「肺病作家の残党」も希少《きしょう》化しつつあるが、死層の上の光耀《こうよう》は、比類なく見せてくれるようである。

よその家

伊藤勝行さんの詩集『わが家族』で、伊藤さんの家族をのぞいてみる。

「どうかしてやってよ！」
また妻がおこる
四畳半に二段ベッド
二つの机
小学生はそれでよかったのに
おやじの給料より
はやく育ちすぎた子どもたちがいけないのだ
大学入試前の二男は
食い散らしの本の山と

カセットのフォークにうずまり
首だけ出して数字などかじっておる
長男はろくな書架もないくせに
詩集なんぞをせっせと買い込み
おやじより貪欲に食べておる

（「夢」前半）

この「おやじ」の位置に自分がすわってみて、思わずおろおろしたのは、最近の子供たちの背の高さに対する部屋の窮屈さよりも、わが子が詩集を読みふけるということに対してであった。「おまえ、まさか詩人なんかに……」私の父が私にいった言葉を、私も思わず言おうと思ったのである。詩をつくるより田をつくれと、おおかたの親は経済優先の方をとるであろうが、私の思ったのは、ながい間ひきずってきた貧しさよりは、才能の限界との絶えざるたたかいを思わずふりかえってみる気持ちになったからだ。

でも伊藤家のお父さんは、子供にデモられた妻が、そのままデモってくる言葉に対して、無防備にうろうろするばかりだが、子供の詩集への関心には、やにさがっているところがある。うさぎ小屋に文系と理数系の知能がひしめいていることからくるつきあげを、妻の舌鋒《ぜっぽう》にあらわしながら、知的財産を楽しんでいる。ここらが、世界に冠たる、リッチな幸福な日本の中流階級の実態だろうか。

　私は虚実とりまぜて『家』という詩集をだしたが、よその家の家族表現にも関心がある。というのも数多く送られてくる詩集の関心事のなかに、熟年者の、家族にかかわる著書が多いからだ。概して詩集の賞などの対象からはずれる場合が多いが、身近で切実な関心から表現をおこそうという衝動に、私はしばしば真実を見るのである。私はそれを「読み人知らず」の歌に対するような関心で読む。

　鈴木八重子さん家《ち》の家族はかなり暗い。

まいにち
かんかん照りの日が続いた
油ぎった夏だった
わたしたちがむこうといっていた家で
父が死んだ
わたしたちの生みの母は
父より十年も前
わたしたちが子供の頃に亡くなっていて

きょうだいはほんとうの孤独になった顔を見合わせた
むこうでずっと父といっしょに暮らしていたひとを
わたしたちはお母さんと呼んだことがなかった
父だけがときどきもどってきた
胸のなかに青い魚を泳がしているひとの眼をして

（「照りかえし」前半）

私が想像上ですわる位置は、「父」の座である。私には、「むこう」に行って住むには充分な淫蕩《いんとう》の血がながれている。学校の成績が良く、絵が好きで、窓枠のゆがんだ絵をかく子供たちを、「むこう」の家で想像している父である。その父の胸に青い魚を泳がしている子の視線とは何だろう。想像力の忍耐の限度で堰《せき》をこえて泳ぎでる魚が「むこう」から「こちら」にくる。その父の目に配するに、私は亡き名優森雅之の寂寥《せきりょう》をおいてみたい。

人間にであう喜び

先日、詩人の鈴木志郎康にあった時、彼は次のようなことをいっていた。
「詩というものは、元来、伝達しにくいものを何とか表現したいというものだから、数百篇の投稿作品に目を通していると、何を言っているのか判らない作品がほとんどで、苦痛きわまりない。そのなかで、いいたいことがすっきりと見える作品にであうと、妙ないい方だが、人間にであったという喜びを感じる」

私は五年程、詩集や同人詩誌の月評をやったことがあるが、詩集を読むということは、慣れることのできないもので、いまだに苦痛である。最近は、合評会や出版記念会などがあると、朝四時頃起きて、一気に集中的に読もうという癖がついた。一つの詩集はひとりの精神の閲歴だから、そうして正座してかかれば、たいていの本は読みこめる。

先日もそうして、彦根市在住の山本みち子さんの詩集『彦根』を読んだ。当夜の合評会に備えるためであったが、いつもは表現技術のよしあし、見ている目の深さ、新鮮さ、などが次第につかめてくるのが常だが、この詩集の場合には稚拙《ちせつ》な部分も時には目につきながら、読みおわったあとで、たいへん敬虔《けいけん》な気持にさせられているのに気づいた。どちらかといえば、旧弊で常凡で、特にエスプリの効いた作品ではなく、詩壇ジャーナリズムでちやほやされる詩集にはなりえないのだが、時に、いなかの人にみかける、ひかえめな、観人にも風物にもやさしく接する、傲《おご》るこころを根っからもっていない女人像が詩集のうらがわに透徹しているのである。鈴木氏のいい方では、「人間にであったという喜び」をしんとした気持で味わされたのだった。
「残り湯」という小品がある。

残り少ない湯の中に
身体を曲げ　小さくなって
あったまる

しあわせなんて　この
残り湯のようなもの
しあわせの中に
自分を合わせなくては

あったまりは　しない

ウーマン・リブの精神からいえば、唾棄《だき》すべき女人像かもしれない。でも、私の目のなかには、母の、祖母の、と、日本の女人《にょにん》の系譜をさかのぼっていくやさしさがあって、いいなと思うのである。

このような目が彦根の路地をみれば、次のようになる。「日本の心をまだまだ残している町彦根に住んで六年」という人の、日本の心をたずねようとする目である。

侍長屋であったらしいこの路地は
板べいや　土べいが
次の辻まで　ひっそりと続いて
軒下からのびるつららに　とびついている　子供達は
路地を通りぬける者に
だまって道をあけてくれる

〈「路地の雪」―部分〉

この詩集の合評会に出席するために、彦根駅におりたったら、ちょっとみない間に、駅前風景が一変していた。都市計画がぐんぐんすすめられている。山本みち子さんのような「心」は路地から路地へと追いつめられていくのだろう。

表現者

「詩を書きはじめて十年もたてば、人は、自分が天才であるかないか位のことは、いやでもわかってくる。そのことを知悉《ちしつ》しながら、なお詩を書こうということにどういう意味があるか」四国のある詩人が、かつて同人詩誌の後記にこういう内容を書きつけていて、動揺させられたことがあった。この問いには、めいめいが答えを用意しなければ先へ進めないような不安があるが、私自身については、「詩人」という自覚よりは、「表現者」という位相で自分を保ちつづけてきたという思いがある。田村隆一や谷川俊太郎らの書くものを読むと、「詩人」という不退転の前線に立つ姿が顕著だが、私などは、本能的な欲望にもろい怠惰な存在、肉も精神も病みやすい存在という状態に発想はいつも陥ちこんでいる。ただ、そういう存在であるから、執拗に居直りつづけている自分への不信、混沌、衰弱からのたえまない表現的脱出を夢みるだけで、日本語を美しく、いきいきと変革させる前衛的な存在からは遠い。

そういう「表現者」であっても、その表現が自分自身への救済となるためには、他の同じような「表現者」のこころに通じなければならない、という隘路《あいろ》がある。表現以前の深淵かられほど高く跳べるか、ということもある。虚栄はすぐにあらわれるから、自分がもっとも自分に深く真率になれる偶然や必然の時点もかかわってくる。作品としてはもちろん、基準のない高い目からひとしなみにみられている。

こういうことを書きだしたのは、二十年来京都の詩の友人である河野仁昭《ひとあき》の詩集『村』に、彼の詩業としてははじめて真率の「表現者」の姿をみた視意からであった。地味な詩集で、愛媛の山村であいついでなくなった父母のこと、祖母のこと、辺境の地の見聞、かつて受けた蔑視や村の習慣などが、ケレン味のない押えた筆致で書かれている。詩壇をさわがすような華麗な評価を受けようとは思えないが、河野仁昭のこの書きかたのなかには、人間の政治的なかかわりからどんどん退行していってかけひきのできない人間につきあたって、ようやくあらわれる安堵がある。

学園紛争の激動期に同志社大学の学生課長であった河野仁昭が、その後、こういう世界しか書こうとしなくなった経緯については勝手に推量するしかないが、なんの資格も利害もないところで切なく求めあう、そんな原初の「村」の人間を書こうとする志のなかに、私は「表現者」としての河野の祈りのようなものをみる。たとえば、花背峠《はなせ》の奥の村に、友人の祖父母を訪ねる「雪囲い」という作品をあげてもいい。その爺さん婆さんは、昼間から電灯をともす初冬の雪囲いのなかに住み、表の池から鯉を掬《すく》ってきて、囲炉裏《いろり》の三徳にかけた鉄鍋で、すきやきをしながら酒や焼酎でもてなし、対人関係に飢えたように昔の山村の生活を語るが、その別れぎわのこと、

遠くで連れの男が呼んでいる。声といっしょに　車のエンジンをふかす音もきこえる。まだ正気は失っていないぞと思いながら　礼をいって立ったぼくの腕をつかんで爺さんがひき据えた。慌てな　京までたかが一時間や　たまにはゆっくり　山の年寄りの相手もするもんや　この都会かぶれ奴《め》がと　また盃を握らせる。ぼくは坐りなおした。婆さんが　しきりに爺さんを制している。ぐいとあおって返盃した。その手の甲を　爺さんはふいにゴリッと噛んだ。それが酒宴の終りのあいさつであった。顔を外向けて　眼をしばたいていた。

H氏賞のこと

一九八八年度の日本現代詩人会の新人賞であるH氏賞が、私の若い友人で、近江詩人会の会員でもある大津市在住の藤本直規氏の詩集『別れの準備』にきまった。この詩集は、早くから依頼されて、解説文や帯文を添えていることもあり、推薦の一票を投じていることもあって、異論のあろうはずはなく、大いに祝福したものだが、また一方、こうすんなりと（というふうに思える）受賞したことにある驚きをおぼえたものである。

私が受賞したのは十年前だが、候補になったのが三度目で、後で聞いたところでは、新人と認めるかどうかの論でもつれて、投票の末、一票差で決着した新人なのであった。それからあと、近江詩人会の会員のうち、故水沼靖夫氏と尾崎与里子さんが有力なH氏賞候補となった。特に水沼氏の詩集は、現代詩人会会員の投票数で圧倒的な数をもつ鋭い詩集であったのが、選考の過程で早々と落とされるということがあった。私が受賞した偶然はさておいて、二年ごとに更新される七・八人の選者によって決められる一冊が決定的な一冊であるかということは、いつでも選考後の話題になるものだ。かつて詩人の長老たちが選者であったころ、やはり長老詩人のK氏が、候補者の夫人を伴って挨拶まわりをしたというので、これを不祥事として、今の選考制度にかわったわけであるが、さらに代案はないものの、この決定を、特に受賞者は、ジャーナリズムへの登場などによって必要以上に重要に思ってはなるまい。私が選者になるのを再三ことわってきたのは、ひとつには、そういう決着に参加する不安からであった。

もうひとつ重要な理由がある。選にさいして私は、親しんできた若い友人たちの詩集にかなり固執するだろうというおそれがある。その気持がかけひきとなることに私は耐えられない。かつてH氏賞の選者となった鈴木志郎康氏が、選後評に、〈私はSを推したが、それはSが私の友人だからである。友人だから、私はSの作品を他の人よりは熟知していると思っている。〉という内容のことを書いていた。この文を読んだとき、私は頬がかっとなって、しばらくして、何だかすがすがしい気持になった。私の辞退する理由が、そのまま彼の引き受ける理由である。ぬけぬけといった鈴木氏に私は脱帽した。詩を読むのに、偏愛以上の理由があろうか。

私が選者を固辞する気持にかわりはない。

選者の選択

一九五一年度から詩集に対する新人賞H氏賞に賞金を提供してくださったのは、平沢貞二郎氏である。氏は一九九一年に亡くなった。その六年前、一九八五年一月に、平沢氏は紫綬褒章をもらわれた記念とかで、それまでの受賞者を招集してパーティーをひらく企画をたて、招待状をくださった。

東京に出むくことは昔から好きではない。当然欠席ときめていたのだが、直前に近くの詩人から誘われると、名前だけ知っていて面識のない人たちに、ふらっと会ってみたくなって、つい出席してしまった。

帝国ホテルで一応の指定された席があり、近くに、三木卓氏、小松弘愛氏、鈴木志郎康氏がいた。小松氏は高知の詩人だ。遠くから来られたというので、最初のきりだしの挨拶《あいさつ》をしきりに請われていたが、実に頑強にことわりきって、驚いた。三木卓氏は、のちに心不全から危篤状態におちいり、『生還の記』をあらわす人とは思えない、おだやかな顔をしていた。いきなり気さくなしゃべりかただった。鈴木志郎康氏は、料理がくるまで、しげしげとナイフに見入っていたが、手をあげてボーイを招くと、

「君、この刃の欠けたの、どう思う。無礼だと思わないか」

眉根《まゆね》をしかめる言い方だった。周囲に対する協調性のおもわくもないようだったが、それで自然だというふうだった。小松氏とは好対照だった。

こんなことを思いだしたのは、六月に入って届く「詩学」に、毎年H氏賞選考経過がのるからである。一九八三年度からは、新人を除く「現代詩人賞」も併設されて、その経過ものりはじめた。この選者を私はことわって、受けたことがない。簡単にいえば、使命感をもつのが重荷なのである。それに今年の選者のひとりが書いているように「いつもこの種の選考にまつわる政治性やえこひいきのうさんくささにうんざりして」いるところもある。そのくせ毎年選考経過だけは読むではないか、といわれるだろうが、使命感はもたずとも、この世に同席する間の新しい詩作品だけは見ておきたいと思っている。

鈴木志郎康氏が選者をひきうけたことがあった。そのときの選者意見を読んだ時、あ、これは私とは対極の考え方だ、だから私はひきうけなかったのを、その故に彼はひきうけたんだ、と感じた。妙に尊敬する気にもなった。

鈴木氏は私も知っているS氏一本で推していた。彼は長く友人で、親しい、時間をかけて彼

の作品もみている、だから推薦する、といった調子だった。

そのときは、鈴木氏の声援に対して詩集が圧倒的な力を持っていなかったのだろう。H氏賞は受賞しなかった。だが、鈴木志郎康氏の直線的な考え方は、少なくとも私のような消極性だけは吹っとばす、明快なものだった。

老域

詩を書きだしてから長く身近に接したのは、安土町西老蘇の井上多喜三郎さんと京都の天野忠さんのお二人である。井上さんは昭和四十一年に、後退するトラックの下敷きになって、不慮の死に遭われたが、その亡くなられた年齢になろうとしていることに私はややがく然とした。二十一歳で、自動車事故で夭折《ようせつ》した私の息子は、以後ちっとも成長せず、薄くはかない口のまわりの生毛《うぶげ》のようなものが、濃くならないまま遠ざかっていくが、亡くなった井上さんは、かつての批評や啓示がそのままの年長の差で残っているから不思議である。呉服商の井上さんは、大ふろしきの振り分けの荷が京都駅改札口を通れない時、勤め先に電話をかけてきて、その半分を背負う手伝いをさせられた。勤め先の世話も結婚の仲人もしてもらった。気骨があって、わがままもあったが、無類の善人だった。小幡《おばた》人形を愛して、大きな男根を学者詩人たちに差し上げてはヘキエキされたりした。ひそかに日本有数の詩人だという自負を持ちながら、何かパーティーがあれば座布団やいすを運んでまわったりされた。徳利を持たれたら、もう自分の座にはおられなかった。

京都の天野忠さんに私は早く私淑したが、病弱で憶病で人の群れを怖がって、読売文学賞を受けられても一人で東京に行くのを嫌がられて私はお伴《とも》をこわれた。天野と大野はヨコ棒が一本足りない形の師弟関係として、世間でみられるようになった。

天野さんはご自分でも予想しがたい長寿で八十二歳を迎えられたが、最近は車イスの生活になられた。華奢《きゃしゃ》な夫人が俄《にわか》に足なえになられた天野さんの、入院、手術、退院、下半身無感覚のままという過程でひとときの不在も許されなかったことを、私はつぶさにみてきた。病苦のないことが唯一の救いの闘病の間、食欲がでてきて、やっと小康状態がお二人におとずれた。〈なぜか、少年時代のぼかし友染の職人の蔵のある家しか、夢にでてきよらへん。そのなかで、わしは、いつでも足だけは達者で、風を切って歩いとるんや〉という天野さんと、十九歳の年齢差のままとはいえ、神経内科での投薬を受けだして、老域の緒についた私とは顔を見合わせて「ふっふっ」と笑い合うのである。虚のなかに消えた時間や空間の破片を引き寄せた気がして。

詩の気ままな読みかた

私は、肺結核と腸結核になった二十歳代のころから、詩を書くことに懸命になってきたので、今でも、死を予感しながら、生のたたずまいを見はからっている詩を読むと、のめりこむような思いにさせられる。若いころから厭生的《えんせい》（厭世的ではないというのがご自身の主張である）な詩を書いておられた北村太郎さんが、白血病になられたと仄聞《そくぶん》したことがあった。薬の副作用で、ムーンフェースになったお顔も撮られていた。真偽を確かめたわけではないが、昨年六月に刊行された『路上の影』という詩集を読むと、その感覚の繊細な冴《さ》え方は、やはりただごとではない思いがする。自分と外部（自然）との接触感が、ひどくなまなましいのだ。たとえば次のような行がある。

重みに耐えかねているのは
むろん家で
柱や欄間だけでなく
台所の包丁だって、真夜中
震えていることがある
けれども、上からの圧力をいちばん我慢しているのは
日が暮れてからの屋根なんだ

（「寒い朝」部分）

詩は教訓ではないので、引用した行でも、読者の感受性の前で、意味と無意味の境界をあなたまかせで曝《さら》して揺れつづけているものである。

一方、意味だけで読む作品もある。面識のある人であれば、電話をして、納得のいくような説明を乞《こ》う時がある。もちろん稀《まれ》なことだが、おせっかいな読みかただ。山本倫子さんの『秋の狂』が、その一冊だった。巻頭の「日々の音」の前半が私を誘った。

朝　昼　晩
夫のたべものを

わたしは音を立てずに刻む
ミキサーにかけるよりはすこし荒く
ミジン切りよりはもうすこし細かく、包丁のミネにひとさし指の腹をあてて
たべものの組織から
粘りが出るくらいに
タテ　ヨコ　ナナメ
音を立てないように刻む
原型が
すっかり失くなってしまう
本来の味も
どこかへ行ってしまったのではないか
わたしがつくる夫のたべもの
それを皿に盛って
食卓に置く
彼が
食事を終えると

わたしは
はなれてひとりの食事をする

ご主人は食道癌《がん》で、食道を切除したかわりに胃をひきのばして、咽喉《いんこう》につないでいるのであった。手術後七年生きておられる。食事は試行錯誤、一度は二十三時間の、のど詰まりを起こした。ミキサーにかけないのは、季節感を多少なりとも残すため。それ以外に全身五十カ所のツボに五灸《きゅう》ずつの灸をする。夫婦ともこれが再発をとめたと信じている。

私にとって病気とは、死を自分の心の鏡面にとらえることであって、山本倫子さんのように、めっぽう明るい向日性《こうじつ》のものではなかった。

すぐれた詩人が女性に集中している時代というふうには、私は思っていないが、女性詩人に活力のある時代だとは思っている。看護者の立場とはいえ、山本倫子さんのなかにある向日性は、女性一般の根のところに通じているのではあるまいか。

海の魚

大阪・海遊館で、古武士のような顔をしたイトヒキアジや、銀色の光の刃となって群れながら回遊するカタクチイワシなどをみながら、かつて見た「眠れ蜜」という映画を思いだしていた。このシナリオを担当していたのが、早熟な詩才を育てていた佐々木幹郎だった。二十年程前、京都の川端丸太町にあった「青鬼」という居酒屋で、何となく私が提唱することとなって、第三土曜日の夜は、有名無名を問わず、詩を書くものが群れていたのだが、まだ二十三、四歳の佐々木幹郎も必ず顔を見せていた。同志社大学を中退して、学生層に圧倒的に売れた、『死者の鞭』という詩集をひっさげていた。

映画の筋のおおかたは忘れたが、吉行和子や岸部シローなどを登場させた映画で、とりわけての特徴は、中原中也と小林秀雄との間で伝説的な存在となった、かつてのマキノ・プロダクションの大部屋女優、長谷川泰子が出演していることであった。当時の証人であった大岡昇平も、〈女優とうたわれて以来、最初で最高の演技じゃないか〉と、どこかに書いていたくらいで、ある意味では老醜をさらさずにはおれないのだが、舞台のハネたあとの劇場で、つかつかと中央に歩みでて、スペイン舞踊をおどるのである。小林秀雄と別れて以来の清潔病というのも保存されていて、アルコール綿でたえず指先をぬぐっていた。

佐々木幹郎に聞いたところでは、筋だてが記憶に残らないのも当然で、次の撮影場を決めて移動してから、監督とプロットを相談しながらシナリオを書いたのだそうである。

そこで唐突に水族館のでてくる場面があった。ラッコやアザラシは、人間くさくて、かわい所も、いやみなところもあるが、魚の世界は、刮目《かつもく》すべき人間のドラマの果てた世界の対照としては実にいい。ジンベエザメのような巨体よりは、ごくふつうのクロマグロやマダイでい い。子供は歓声をあげるが、多少のドラマをみてきた人間には、沈黙を強いられる。岩のくぼみや底土で凝然としている魚も、土のいろにあわせて変色をこころみるヒラメも、みないい。

「君のような若僧のシナリオに、吉行さんのようなベテランが黙って従ったな」

「初めは、見下げられていたさ。それが、詩人の妹さん、吉行理恵さんに、僕の噂《うわさ》を聞いたんだね。突然態度が変わってね」

飲みながらのこんな会話も記憶にある。佐々木幹郎は十年かかって、筑摩書房の近代日本詩人選16『中原中也』を書き下ろした。サントリー賞を受けた。大岡昇平や北川透などが、洗いざらい書き尽くしたあとだから、その困難さは目に見えていた。それを子守歌的な、いつの間にかそらんじてしまう魅力という視点で書きあげた。映画のことには一行もふれていない。彼は昨年暮れの詩集『蜂蜜採り』で高見順賞を受けたが、授賞式にはでなかったそうだ。蜜は秘すべしであろうか。

詩的人間

小沢書店月報「ポエチカ」最近号に、なくなる少し前の三好豊一郎さんからの聞き書きがのっていて、非常に心うたれた。三好さんが文人画の世界に遊んでおられたことも知らなかったから、その時の表紙画（軒に吊されている赤唐辛子の絵）の繊細緻密さにもはじめて触れた。三好さんのお話の中に次のような言葉がある。

〈詩は、白紙的空間にイメージを湧かせなくっちゃならないから、その力が衰えると、詩心が湧いてこない。絵を描く場合は、ぼくの絵は単純な写生だから、眼の前に、これは、と思うものがあれば描ける。（略）詩の場合、ひとつつまづくと、つっかえて、寝床に入っても寝られ

ないことがある。神経が昂奮してくるんですね。絵の場合は逆に鎮静してくる。〉

透析をされていたことも知らなかったが、この談話を読んで、私は、詩的人間のある終末が語られている気がした。表現にかかわる関心を神経にみなぎらせて、ある時、ぽつんと終るんだ。それが、詩的人間の現実なのだ、と。少し前に逝った北村太郎さんも、そうだった。

この、「詩的人間」という私の言葉は、大江健三郎の「性的人間」に負っている。その小説を読んだとき、人間の孤独の本質にふれた思いがして、衝撃を受けたことがある。電車のなかの痴漢が、女に近寄ってうまく誘導し、オルガスムに達せさせるのだが、終って、女は、ひとりの世界に閉じこもって、つーっと一すじの涙を流すのである。その涙が、快楽とは逆に男への本質的な拒絶感であることを、その瞬間に男は知るのである。

詩的人間は、その作品によってたえず洗われているから（その洗われる水の冷たさ！）性的人間のような普遍性はもっていないが、間違っても、間違っていなくても、思いこみだけはもっていなければならない。ご他聞に洩れず、私も、旧制高校生のころから、そんな思いこみをもっていた。笹沢美明の長男で左保の兄である、自殺した笹沢健が一年上にいて、その顕示にたえず触れていたから、寮でシナリオを書き、上演してみせて、観客をケムに巻くような愚もやった。

私の洗われかたのひとつは、二十一歳から二十八歳までの結核によるものだろう。高踏的に思いあがっていた頭脳劇が、目の前のさまざまな死によって変質されざるをえなかったし、疑いもなくやってくるわが夭折《ようせつ》にかけて、できれば、人の記憶にとどまる詩行をのこしたかった。後に知ったことだが、昭和四十三年度にH氏賞を受けた村上昭夫の『動物哀歌』は、まさしくそういう詩集だった。

「詩的人間」のなかには、そういう思いこみがあるのが必須条件で、羞恥をともなうから、かくそうとするのも大方だが、「性的人間」のように、隠匿することが決定的なわけではない。私は昭和三十二年から京都で印刷工になった。社長が詩人の山前実治さんで、「詩的人間」の代表格であった。同人詩誌や詩集の依頼なども多かった。老若をとわず、詩人の出入りもはげしかった。がりがりの身体で、私は壁の方にむかって印刷をしていたが、咎《とが》めのないのをいいことにして、本を壁面に吊ったまま、読みながら作業していた。軽印刷はそれでこなすことができた。「詩的人間」の身のほどを知るようになったのも、その立ち仕事のあい間においてである。原稿の素描ができると、原稿用紙をピンでとめて、四六時中目の前において、朱を入れた。咎められれば仕事をやめるしかないと勝手に思っていた。

清水哲男・河野仁昭らと同人誌「ノッポとチビ」を創刊し、京都から周縁へじわじわ知られるようになった頃、天野忠さんや、石原吉郎さんをふかく知るようになった。天野さんは、生活力や体力の弱さに反比例して、「詩的人間」であった。じわじわと内的告白をするようにみせかけておいて、『クラスト氏のいんきな唄』を自費出版した。作者を英国水夫に擬して、その翻訳ということで、わが詠嘆を他人のせいにする、いわば狡猾《こうかつ》なものだった。その発想で、「私詩」を超えて自由になれたことを、天野さんはわが手柄とした。増補改訂判『動物園の珍しい動物』は特製本まで作った。

石原さんに心酔したのは『サンチョパンサの帰郷』の前後、初期においてであった。詩でしかありようのない難解さをつらぬく作品と、明晰でなければ許されない散文『望郷と海』をのこして消えた。ライフワークというより、ワークにライフを従属させた。テープを交換して初期の石原吉郎の詩の私なりの読み方を伝えた時期もあった。

若い世代の「詩的人間」にふれたことも多々あった。清水昶《あきら》は、学生時代の同人詩誌「首」の原稿を、社長の所に持参してきても、奥で作業している私の所には近づかなかった。狭い部屋だから、背中で対応しているだけだった。その稿が製版され印刷される段階になって、はじめて私には、それが「大野新論」であり「裸足で死者の上を歩むひと」という副題がついているのを知った。刷った一枚を壁に押しピンでとめ、めまいをする思いでそれを読んだ。

佐々木幹郎とは、彼が二十三・四歳の頃はじめて逢ったのだが、清水昶の印象とは好対照だった。〈あいつが暗い顔をしているのを、見たことがない〉というのが、一般の意見で、既に『死者の鞭』という、売れる詩集をだしていた。売れる詩集、印税のもらえる詩集というのは、当時の京都の概念にはなかった。清水昶の『少年』と『死者の鞭』の二冊をもって嚆矢《こうし》とするものだった。いずれも学園闘争の時代背景を背負っている。

京都の「青鬼」という居酒屋で、「詩的人間」と自称する人たちが、誰彼という資格なしに第三土曜日の午後七時に集まる会を、青い顔で飲むようになった私が音頭をとって作った。中江俊夫が高見順賞を受ける頃で、彼は〈溢れる才能以外に詩人なんてあり得るか〉と放言していた。そこで佐々木幹郎がひっそり呟《つぶや》いた言葉を私は忘れていない。

〈室生犀星に「室生犀星氏」という詩があるでしょう。

　やつれてひたひあをかれど
　われはかの室生犀星なり

ぼくはあの詩行のなかに、佐々木幹郎の文字を埋めてみせますよ。〉

日常のなかの別れ

嵯峨信之さんは、批評能力のない私に、はじめて筆をとらせた詩人である。具体的には『愛と死の数え唄』なる詩集を購読し、なんの夾雑音《きょうざつ》もなく受けとって、衝撃の強さで転んでしまったんだといえばよかろうか。

私は『沙漠の椅子』というエッセイ集を一冊だしている。編集工房ノアの社主の涸沢《からさわ》純平さんが、文芸出版の旗あげの記念本として出してくれたものだが、そのなかに若書きの「嵯峨信之論」がある。初出は、一九五七年七月の、同人詩誌「鬼」一九号別刷で、ガリ版刷り。療養所仲間のガリ切りのアルバイトをしていた友人の手になるもので、彼は膿胸の治癒のため前後から肋骨をとって板の胸で歩いていた。私もガリガリで養鶏や塾で暮らしていた。

『愛と死の数え唄』の初版本は失っているが、巻末の嵯峨さんの「付記」に一九五七・四・一八の日付の記入があるので、詩集入手後のさめやらぬ感動のままに書いたものと思われる。

肺結核で六年間療養所暮らし、三回の手術後、退所してから二年目で、「詩学」に投稿したりしながら三十歳を迎えようとしていた。滅びを無感動にしずかに待つ漠然とした予感があった。

〈予期していた感動というものは、実は、それ程重要ではない。人間は、理由のない重さをもてあましている生きものだ。感動は、理由の見えないところから避けがたい速さでくる。その時、人はふしぎな傾斜をすべりおちる〉

こういう書きだしにつづいて、「骨」という作品をあげている。荒涼としてデスペレートで、簡潔なイメージをとどめる作品。

なにもすることがないので
ぼくはぼくの頭蓋骨をとりはずしてみた
するとぼくはまつたく悲しくなつた
肩の間にわずかに五寸ばかりの白い骨がつきでていて
どうかするとそれがぴくぴく動いている
あれほど切なくひとを愛したことなど跡かたもない
いまは空を通る鳥たちも下りてきてとまろうとしない
遠くの村からきた疲れた馬をつなぐこともできない

ぼくは慌ててまた頭蓋骨を嵌めてしまつた
かたりとにぶい音がして
もとのところに嵌まることは嵌まつたが
それからぼくはその異様な音を忘れることができない

（「骨」全行）

この作品の印象がとりわけ身に沁みたのは、当時切除した肋骨のあいまに、肩胛骨がおちこんでかたかたと鳴っていたせいもあるかもしれない。

とにかくこの詩集には「日向抒情歌」の一連のような、自然に密着した、写生を深化させた詩もあれば、地上のアドレスを韜晦《とうかい》させて酷薄な命運に耐えようとする詩もあった。私は、リルケ的な作品よりも、アンリ・ミショー的な作品が好きで、「見知らぬ時間」や「白夜の大陸」などのペシミスティックな詩を愛した。

一方的な偏愛からはじまったので、次の『魂の中の死』が出たとき、実はがっかりしてしまった。私の偏愛の方向に詩は進んでいなかった。ひとりの熱狂とひとりの劇の方向に形而上《けいじじょう》詩人の方向が定まるわけはない。それでも明らかにボンヌフォアのような平明でひそかな詩境に移られそうなのを見て、私は不平たらたらであった。とうとう妙なことを考えだした。嵯峨信之さんに見つけられたくもあり、見つけられたくもなし、という矛盾する気持から、京都の短歌雑誌にエッセイの寄稿を頼まれたのを幸い、『愛と死の数え唄』と『魂の中の死』に対する讃辞と不満を書きつづったのである。誰にも読まれずに袋の口から不満を吹きこむ調子で流れすぎることを思いこんでいた。

天網恢恢《てんもうかいかい》というべきか、それは加藤郁乎さんの目にとまって、嵯峨さんの手もとにわたっていた。一方的に心酔して、一方的に愛想尽かしをするような無名の男のドラマはこれで終って当然だろう。ところが、その後私は長い長い手紙をいただいたのである。それは全く対等の人格への手紙で、私の論難の浅さをさとしたり、反駁する手紙ではなく、あのような流れになったのは、ひとえに、嵯峨さんご自身の老年の感傷性によるものだという、述懐のお手紙で、無礼についての言及はひとこともなかった。このことは、逆に私をうちのめした。

「嵯峨信之論」を書いてから四十年たつ。その間には「現代詩手帖」で時評を担当していて、第三詩集『時刻表』に対して、半ばの紙面を費して讃辞を呈したこともあったし、嵯峨信之さんの隣に坐って、嵯峨信之論を話させられたこともあった。まったく思いがけないことだが、かえりみて忸怩《じくじ》たるその話のおわりに、坐っている嵯峨さんの左手がのびて私の右掌がぎゅっと握られた。あの感触とともに私はかつて私に宛てられた手紙のなかの言葉を思いださざるをえない。

〈琵琶湖の岸に住んでいて、長男を自動車事故で失い、持病をいたわりながら塾を開いて生

活している詩人――こう書くだけで、ぼくには琵琶湖の遠い冬空が浮んできます〉

嵯峨信之さん八十歳の時のお手紙のなかの言葉である。嵯峨さんは外国の詩人の詩のなかで気に入れば、すぐに書きうつす癖のある方だが、部分だけを写して誰のものであったかわからぬ場合が多い。この手紙に挿入の詩もそのひとつ。思えば、常に別れを告げられていた。

ほんのちょっとの間眠りたい
ほんのちょっと　一分　一世紀
だが皆知っておいてもらいたい
私が死んだのではないことを
私の唇には金の馬小屋があることを
私は西風の小さな友だち
私は自ら流す涙の大いなる影

詩の立会人

退職して、あらゆる職業から締めだされる年齢になって、大学から非常勤講師の役柄がまわってきた。二つの大学で、今までの制度では考えられたことのない、学生に詩を書かせるという授業で時間の穴埋めをしている。世間では、現代詩は単純にいって、きらわれている。わかりやすい詩が多くなっているのに、難解だとか、ひとりよがりだといわれている。その割には、新聞紙上ではとりあげられたり、日本現代詩人会や日本詩人クラブの会員(現在各八百人くらい)に入りたがっている人も多い。要するに、どうでもいい扱われ方で、先日も講師ひかえ室で担当の課目を名のりあって、

「へえ、詩って教えられるものですかね」

とひとりが言い、他の講師もうなづきあっているのを見た。そ知らぬ顔をして、私も、心のなかでうなづいていたが。

たまに、がつんとこたえる詩に出あうこともある。原文は手もとに残っていないが、自分の

経験を書いたもので、その要旨を書くと、とてつもなく、ひとりになりたくて、家出を宣言してしまった。父は怒号を発し、母は泣き伏した。そのなかで仕度《したく》をし、絵の材料などはこまかく点検して忘れもののないようにした。そして首尾よくひとりきりになってしまうと、「たとえようもない怖さにおそわれ」即刻家に帰ってしまった、というものである。

表現形式をえらんでみても、詩以外に書きようがないだろう。

茨木のり子著『詩のこころを読む』で十二歳で自殺した少年岡真史の「みちでバッタリ」という詩に出くわしたことがある。

「みちでバッタリ／出会ったヨ／なにげなく／出会ったヨ／そして両方とも／知らんかおで／とおりすぎたヨ／でもぼくにとって／これは世の中が／ひっくりかえる／ことだヨ／あれから／なんべんも／この道を歩いたヨ／でももう一ども／会わなかったよ」

自殺の動機はわからないままだそうで、茨木のり子は、「自分の存在以上に他人の存在が気にかかり」という言葉をつけ加えているが、「怖さにおそわれ」た詩も、自分の存在以上のものを感じたからだろう。

家

お父さんも
お母さんも
私のことがとても好きらしい
最近私は
それに気付いて
家にいるのがはずかしい

という詩にであったこともある。もちろんこういう出あいは、あげるときりがないし、引用するには長いのが多いのだが、はじまったばかりの素朴のままでいる学生もあれば、自分を客体化できるだけの批評眼をもてた学生もいる。半年ぐらいで、そういう可能性に気づいた学生といえば、何気なく教室のうしろの隅に、私の入室以前からいて、大男でありながら身じろぎもせずに掛けている。欠席したこともないし、親しく話しかけてきたこともない。大体教室は私語がかわされることもないが、はじめの受講者は中途で半数以下にへったままだ。いわば、自我の形成の重要な時期にことばととことん関《かか》わりあおうと決意した者だけが残るのだろうと思っている。私はいい作品を紹介し、多分一回かぎりの発表になるかも判《わか》らない作品の立会人になるだけだ。こう直したら、うまくみえるよ、などと教えたことなど一度もない。

解説

詩人・大野新《しん》（一九二八〜二〇一〇、本名・新《あらた》）は昭和三年、現在の韓国の群山市に生まれ、敗戦後、滋賀県野洲郡守山町（現・守山市）に引き揚げた。旧制高知高校（文芸部所属）卒業後、京都大学法学部に入学したが結核を患い中退。国立療養所紫香楽園で五年間を過ごし、三度にわたり開腹手術を受ける。この間に佐藤佐太郎主宰『歩道』に属すも短歌創作を捨て、詩作に専心する。

昭和二十九年から近江詩人会に入会し、三十二年には京都の双林プリントに就職。近江詩人会では毎月の詩話会テキスト『詩人学校』の発行など、事務万般を担当して同会の発展に大きく寄与した。同人詩誌『鬼』『ノッポとチビ』等でも活躍し、五十二年、詩集『家』（永井出版企画、昭五十二・十）でH氏賞を受賞した。他にも『階段』（文童社、昭三十三・九）、『藁のひかり』（文童社、昭四十・九）、『大野新詩集』（永井出版企画、昭四十七・四）などの詩集がある。

「詩は〝毒〟だと思うんです。文明の中の、人間の中にある毒。詩人は〝見る人〟だという。そういう毒をみてきたのが詩人だと思うんです。小学生の素朴な詩に、私たちは感動することがある。しかし、そういうナイーブなものに対する感動は、生まれたての目でしかみえない。私たちは、むしろその逆の地点、毒の地点からものを見るしかない」

昭和四十一年九月十九日『読売新聞』のインタビュー記事「詩と人　大野新」での発言である。文明のなかの「毒の地点」は死を視座とした、屈折したヴィジョンのそれであろう。死を身近に感じ、死の側から生を見つめてきた詩人は、それだけに有難い「生」のたたずまいを全身的に実感したいと希求していたはずだ。

大野の詩世界は、療養体験を原風景とし、内なる死の想念をみつめ、内臓のイメージに象徴化された疲弊感覚に基づく暗喩を駆使して、倒錯したかたちで生の実感を幻視かつ模索したものといってよい。生理的かつ怜悧な「愛」「母」の表現世界がその代表的個性を示すが、事故死した長男への哀悼詩「Father to Son」など、生と死の凝視から流露した認識世界もまた大野詩の本質をなす。

大野はまた慧眼の論客としても知られ、評論・随筆集『沙漠の椅子』(編集工房ノア、昭五十二・六)のほか、数多くの詩集・詩誌月評や書評、各書の序跋文を書いた。ちなみに合評会などがあると、彼は誰かによる詩作を誰よりも鋭く読みとり、その詩を批評した。作った人はまったく意図していなかったことを指摘され、よく戸惑ったと仄聞したことがある。

きびしい生死の認識者だった詩人の大野だが、一方で人懐こく世話好きな面があり、そうした人間的魅力によっても多くの友人たちから慕われた。近江詩人会の運営をはじめとして、全国の詩友とのつながりはもちろん、たとえばサンライズ出版から上下巻となって刊行(平八・九、平十二・三)された、県内の各界で活躍する市井の人々との対談集『人間慕情—滋賀の百人』の内容をみても、大野の温厚な人柄が伝わってくる。

平成二十二年四月、大野は八十二歳で逝去した。脳梗塞の発症による入退院を繰り返し、執筆活動はままならなくなったが、おだやかな晩年を過ごす。翌年『大野新全詩集』が砂子屋書房より刊行された。

さて大野新の随筆は、「声」など、初期こそとがった人間認識が心を射るが、H氏賞受賞後しばらくして諸新聞に載るようになった短文を読むと、次第に角のとれた柔和な書き手の表情が感じられるようになる。切実に詩作することで自己を救いたい、そんなモチーフが後年は湧かなくなっていたからかも知れない。たとえば「虚の顔」「草津のさくら」の詩的な緊迫感のようなものは、「言葉の入江」「しあわせの他愛なさ」に比してみれば、明らかに現実生活のうちに鎮められて在る。

ふところは寒くとも気鋭の詩人として意気盛んであったころ、大野は他の詩人たちと「鴨鍋」にみられるように純粋に肚をわって語らい合った。魂をぶつけあった。さまざまな、有名無名の詩人たちの姿が目に浮かぶ。格好わるい記憶も、何の得にもならないことへの熱中も、つらかった経験も正直な態度で、平易な文章に綴っている。北川縫子・水沼靖夫を悼んだ「最後の注文」「白色矮星」も、大野が「詩を書くことの究極の救い」、「化学者め！」と書くときの心根が思いやられ忘れがたい。風土性の希薄な詩を書いた大野も、依頼されてだろうが在住した滋賀県について丁寧な紀行文をいくつも残しており好もしい。

彼の随筆は『沙漠の椅子』のほか『現代詩文庫81 大野新詩集』（思潮社、昭五十九・七）にも併収されているが、今日まで一冊にまとめられた随筆集はなかった。歿後十年、その刊行により、多くの読者が本書に親しまれることを願う。

ここから、大野新の文学・人生観をよく伝える参考資料を紹介しておく。昭和五十五年『京都』九月号掲載の、中井二三雄「詩人　大野新さん」。第28回H氏賞受賞後二年が経ったころの心境を聞き書きした記事である。以下に抜粋しておきたい。

□動機「日本語の言葉の持つ美しさにひかれて」

□開眼「高校時代は、フランスの詩人の何人かに心酔して、いわゆる教養的な作品を書いてました。しかし、療養所に入ってから、詩というのは、自分を飾るためや、自分の識度を見せるものではない。本当の詩というのは、僕のやってきたものとは全然違うんだということを、いやという程思い知らされました。とにかく、人が何の偽善や瞞着《まんちゃく》や虚飾もなく、どんどん死んでいく世界というものが、目の前にありましたから。自分が、今、本当におかれている状況というものを、自分自身の裸の言葉で文字に移しかえたい。こう思った時に初めて、何かが見えてきた気がしました

□短歌
「短歌をやっていた時期もあったのですが、なぜ、やめたかと言いますと、短歌というのは、よほどの天才でなけりゃ、自分の師匠の表現形態を越えることはできない。門下生すべてが師匠と同じような作品ばかり作っていてね」

□天才
「天才は、自分の亜流を弁護したらいけない。天才は、一人で突っ走ったらいいのであって、一人で突っ走っているものを、亜流というのは、その後をつけまわすんですよ」

□価値
「詩は、他の価値に換算できるものは何もない。自分の感じているものが、言葉や表現に置きかえられるというのが救い。いい詩は、必ず、人の目や耳に通じますから。しかし、政治みたいな影響力は持たない。あんがい、挫折したり絶望したりした人間が、いい詩を書くことが多い。詩は、本当に、ひそやかに読む人に通じるもの」

□作詞・
「詩というのは、ごんべんに寺と書きます。寺というのは、お墓を持っています。墓地のある言葉といっていいんだけれど、自分がある土地に住んでいて、その土地伝来のものを受け継ぐ何かがあります。受け継ぐというのは、必ず自分の前も、自分も含めて、死

者の領域がある。これが団地になると墓がなくなる。――共同の死者がなくなる訳ですね。〝死者を共有する歴史をもつ〟ことが詩の中にはある。死者を共有するということは、団体でなく個人なんです。

歌謡詞というのは、共同の死者なんかなくってもいいんですよ。詞は、ごんべんに、つかさどるって書くでしょう。言葉を司るという傲慢なところがある。詩のように〝私〟を通じなくてもいい。ですから、歌詞にある風土は風土と言ったって、万人のみた京都であり長崎ということになる訳です。いわゆる最大公約数的なんです」

□解放

「書くことは、自分の生命を救うことにならなくても、自分の魂を解放することに役立つことがある。療養時代は、病める魂の解放が詩だと思っていました。身体を病むということは、精神をも退廃させるのと一緒で、平行してくるものがありますからね。そういうものと日常闘っている何か……」

□希望

「僕は、病気をして、非常に絶望的な状況にあった時に、希望を持った作品というのは、ちっとも救いにならなかった。別の絶望者の詩にひかれました。絶望者がその絶望状況を回避せずに書いた作品こそが救いでした。僕はね、絶望者の詩が、他人に絶望を与えるとは思わないんですよ。むしろ、絶望者を救うことになると思う」

□フリ

「学生なんかは、経験というか体験が少ないから、考えることがないのに、考えるフリをする。僕は学生の詩はあまり好きじゃない。しかし、何十年と経験を経たから、それを言葉の中に生かせるかどうかは疑問ですけれど。（考えることは）詩においては、五感に即して考えるということでね。それは、感じるといってもいいんじゃないかな。感じていること、考えていることでいっぱいになっていても、それが、言葉に出せるかどうかということ。フリをしている人は、観念過剰になる。いくら言葉のボキャブラリーが多くて、考えるフリにはなっていても、本当にわずかの言葉で考えた人や詩には及ばないんでね。〝考えること、考えるべき問題を持たずに、考えたフリをする〟人や作品は、見たら分りますよ。それは、簡単に人が見分けますよ」

――世の中には、「自分を飾るためや、自分の識度を見せる」ことをよしとする価値観がおおいに存するし、そのことをして生きる意欲の基にしている人が多くいるのは確かだ。けれども詩は、「自分の魂を解放」させる術として、それなりに言葉を操れる人たちによって創られる。えてして私性のつよいもので、正論や分別の入り込む余地も少ない。

「絶望者がその絶望状況を回避せずに書いた作品こそが救い」となるのもそのためである。「考えることがないのに、考えるフリをする」結果うまれる詩は、借りものの虚飾を見破られる。

救いを求める魂が、ひりひりとした人生の実感をどうにか言語の世界へと置き換え得たかたち、それが救いとしての〝詩〟なのであろう。大野新は、それを半ば自明の理と信じることとして、わが魂の解放を期し「一人で突っ走った」。そんなかつての詩人のひとりなのであった。

（外村　彰）

『大野新 随筆選集』に寄せて

私はこれまで六冊の詩集を出し、幸運にもいくつかの詩集賞を受賞することができ、「詩人」としてそれなりの認知を受けるようになったが、大野新との出会いなくしては、いまの詩活動はあり得なかった。私が大野新と出会ったのは、一九九三（平成五）年十二月十一日の近江詩人会の合評会の席であり、大野は六十五歳、苗村は二十六歳であった。前月には大野の生前最後の詩集となる『乾季のおわり』（砂子屋書房）が発行され、大野の詩活動はピークを下りつつあった時期である。私は社会人として働きながら、なんとか詩への接点を持ちたいと考えていて、滋賀県文学祭に応募した作品が入選したことがきっかけとなり、近江詩人会に入会することになった。近江詩人会には「先生（＝会の指導者）」を置かないという不文律があり、大野自身も「大野先生」と呼ばれることを拒み、「大野さん」と呼ばれていた。しかし、大野の詩の批評眼と存在感は他の会員を超越していて、実質的には詩の指導者であった。近江詩人会は滋賀県の詩人団体であるが、大野を慕って京都から参加する者も多かった。近江詩人会の合評会は毎月第三日曜日に開催されていて、私はこの場で大野の話を聞けるのが楽しみで、その後数年間に亘り合評会に熱心に参加するようになった。また大野の自宅の近くに私が住んでいたこともあり、大野家にはよく出入りさせていただいた。

私が出会った頃には、大野は長年勤めた印刷会社の双林プリント（文童社）を退社しており、朝日カルチャースクールの京都の詩の教室と佛教大学の非常勤講師をしていた。また、新聞各社からの評論やエッセイの依頼原稿、詩集の跋文や帯文など、忙しく原稿を書いていた。「私は堕落しているので依頼がないと原稿は書きません」と私には言っていたが、加齢と共にその依頼原稿もだんだんと断わるようになっていった。それでも詩に対する興味は尽きないようで、寄贈されてくる詩集には熱心に目を通し、私は大野から優良な詩集を借り受け、その鑑賞のポイントの教えを請うことにより詩の批評眼を磨いていった。大野は不要になった紙を一センチメートルほどの幅で切り分けて栞を作り、良質の詩の頁にその紙を挟んでいた。この習慣を私は引き継いでいる。一九九八（平成十）年には第一詩集『武器』（編集工房ノア）の帯文を、大野に書いてもらい、私は現代詩の世界に本格的に参入することができた。この帯文は大野からの紹介状としての役割を果たし、私は大野の人脈にも助けられて詩活動を広げることができた。翌年に私が同詩集で第十三回福田正夫賞を受けたときには、贈呈式が行われた東京の國學院大學院友会館まで大野は同行してくれて、身に余るスピーチをしてもらった。しかし、二〇〇三（平成十五）年の第五回小野十三郎賞のときには、健康状態が悪化していて大阪での贈呈式に来てもらうことは叶わなかった。晩年の数年間は意思疎通をすることも難しい状態になり、やがて大野との別れの日がやってきた。二〇一一（平成二十三）年に近江詩人会から発行された『追悼　大野新さん』（非売品）では、私は次のように記録している。

大野新さんは、二〇一〇年四月四日午後三時三十六分に永眠された。四月七日の告別式で親族代表として大野哲さんが挨拶され、病状について詳細に述べられていたので、告別式終了後、哲さんに頼み込んで挨拶原稿を貰ってきた。ここで資料として記しておきたい。

「兄・新は十五年前に脳梗塞を患い、それから一旦は恢復しましたが、三回目に倒れた六年前から車椅子生活になりました。しかし、娘・可奈の送り迎えで近江詩人会の合評会にも参加させて貰っておりました。二年前から入退院を繰り返し、昨年の十一月十日に入院してからは、家に帰ることができず、二月に胃瘻の手術をしましたが、胆石が見つかり、同時に手術をしました。術後の経過が悪く食事を入れることが出来ず、点滴で過ごしておりましたが、四月四日午後二時頃から状態が急変し、午後三時に呼吸不全のため、あの世に旅立ちました。」（前掲書、三三頁）

私は大野の人生の最後の十五年ほどを掠めたに過ぎないが、大野から詩の教えを受けた者として、その作品を長く読める状態にしておきたいと思っている。大野の詩については、幸いにして、没後一年に『大野新全詩集』（砂子屋書房）を出版することができた。既刊六詩集と刊行時点で判明していた詩集未収録作品から成るもので、大野新の詩の全容を知りたい方はこちらを見ていただければ分かるようになっている。しかし、大野の詩では暗喩表現が用いられていたり、極度に言葉を削ぎ落とす試みがなされているため、その作品はやや難解である。大野の詩をより深く理解するためには、大野の人生を知り、その創作の背景を知っておいた方がよいが、そのためには大野が残した随筆作品が大きな助けとなる。また、大野の随筆作品には詩とは違った独特の味わいがあり、特に一般読者を想定して書かれた新聞紙上での発表作品は分かりやすく、大野の人生を知るために最適なものである。大野の随筆については、既刊本では『沙漠の椅子』（編集工房ノア、昭和五十二・六）と『現代詩文庫81 大野新詩集』（思潮社、昭和五十九・七）に収録されているものがあるが、大半の随筆作品は発表誌・紙のみの掲載であり、これまでまとまって読める状態ではなかった。そこで本書では、大野の主要な随筆作品を三部に分けて収録することにより、大野の随筆作品の魅力と大野の人生を知ってもらうことができるようになっている。

Ⅰの「人生の感懐」では、大野がどのような人生を送って来たのかが分かるとともに、その時代の貴重な証言としての記録的価値が高い作品が多く収録されている。私は二〇一九（平成三十一）年三月十五日に、守山市立図書館の「文学・歴史講座」で「守山の詩人・大野新の詩と人生」という講演を行ったが、そこで、以下の五つの分類で大野の歩みを語った。

①群山府（現・韓国）からの引揚げ
②旧制高知高校・京都大学・喀血
③結核療養所での生活
④余生としての詩人・大野新の活躍
⑤H氏賞受賞と長男の死

この中で、「①群山府（現・韓国）からの引揚げ」については、「八月十五日前後」と「十一月遡行」の一部を配付資料に掲載し解説を行ったが、本書の収録作品では、他にも「ある「旅」」「本気の凹面」「いじめられっ子」「四十三年後の来日同級生」「恥あれこれ」を併せ読むことで、当時の状況について思いを巡らせることができる。また、「③結核療養所での生活」を今日の私たちは想像することが難しくなっているが、「声」や「落書き」を読むことで、その経験の最も重要な部分を私たちは追体験することができるのである。他にも、大野が書き残すことがなければ遠からず忘却の彼方に追いやられてしまったであろう数々の人生の感懐を、この章で味わうことができる。

Ⅱの「名所旧跡行」は、京都・滋賀の名所旧跡をテーマにした作品を集めたものである。単純に読み物として楽しむ鑑賞方法もあるが、依頼原稿として執筆の機会を得た対象を、大野がどのように観察して記述していったのかという観点から、私は大変興味深く読んだ。また、これらの随筆を読んでから、大野の次の詩を読めば、ある日の大野の姿が鮮やかに甦ってくるのである。

紅葉の季節に／紅葉の見頃の地をあるいた／神護寺　永源寺　西教寺　三千院／取材を兼ねていたけれども／生れてこのかた／こんな朱色ぐるいの日はなかった／行く先々の寺には／水の歴史があった／火の歴史もあった／人の歴史も水と火である／誕生から終末まで／水でなめされ火で反るのである／反りあがって手のとどいたさきが／表現の頂点だ／新しい年があらわれ／私は雪の地をあるくだろう／花の芽のねむる／寺から寺へ／なんの信心もなく／自分の消滅だけを信じて／雪をふみしめるだろう／雪のつもる柿葺《こけらぶき》の屋根／堂のさびをみるだろう／近い消滅を信じる者だけが／見ることのできるものを／見ようとして／背のびするだろう

（「年のめぐり」全文、『大野新全詩集』四一五〜四一六頁）

Ⅲの「文学をめぐって」では、大野が親しく交友した、石原吉郎、天野忠、水沼靖夫、清水哲男、佐々木幹郎らのことや、大野の文学に関する考え方が伺える珠玉の作品が犇めいている。また、この章の収録作品の中には、Ⅰの「人生の感懐」と同様、大野がどのような人生を送って来たのかを窺い知ることができる作品が多い。例えば「老年」では旧制高知高校のことが、「天野隆一さんと添ってきた閲歴」では大野の職場での様子を垣間見ることができる。角田清文は「拠点としての双林プリント　─京都展望―」で「かつて京都の街にひとつの小さな印刷屋があった、そして、いまもある。その名は双林プリント（現、文童社）。その町工場のおやじが山前実治、そこの印刷工のひとり、ながい闘病生活の果ての死にぞこないの大野新。そして山前社長は死に、死にぞこないの大野新が生きている。端的にいえば、これが京都詩壇のはじまりであり終りである」（『相対死の詩法』書肆季節社、昭和五十八・三二五九頁）と述べているが、滋賀だけでなく京都でも重要な役割を果たした大野の活動のめぐりや、短歌から詩へのめぐりなど、さまざまな文学のめぐりをこの章で確認することができるのである。

なお、私は大野新に親炙した者ではあるが、大野が拒否したことをいくつか行っている。一つは「H氏賞のこと」と「選者の選択」で記されているH氏賞の選者のことである。大野は引き受けなかったが、私は既に二〇〇七（平成十九）年の第57回と二〇一五（平成二十七）年の第65回の二度のH氏賞選考委員を引き受けている。もう一つは「詩の立会人」で記している詩の教授法である。大野は「こう直したら、うまくみえるよ、などと教えたことなど一度もない」と記しているが、私は大阪文学学校などで積極的に詩がうまくみえる方法を教えてきた。これらは大野新から受け継いだことを、私なりに広めていくための方便でもある。この度、没後十年を期して本書を送り出すことができた。このこともあるいは大野が望まなかったことかも知れないが、大野新の随筆の魅力を多くの人に知っていただくことができれば幸いである。

（苗村　吉昭）

解題

――本選集は全体を三部に分けてある。「Ⅰ　人生の感懐」は回想を含めた日々の人生観を、「Ⅱ　名所旧跡行」は詩人の歩いた近江の名所等の記憶を、「Ⅲ　文学をめぐって」は詩歌に関わった人々との交友や追悼を、それぞれに描いた随筆というおおまかな基準によって選択した。本書を通して詩人・大野新の人間性を読み味わっていただければと願う。

Ⅰ　人生の感慨

「**水と魂**」…『京都新聞（夕刊）』昭和四十七・一・二十七　三面（「水に思う」欄）。

＊『沙漠の椅子』（編集工房ノア、昭和五十二・六・十五）一五七〜一五八頁に再録（以下、初刊本の後に収録された書籍は割愛）。なお「昭和二十三年」は「昭和二十四年」の誤記。

「**落書き**」…『黙契』（私家本、発行年月日の記載なし）三五～三七頁。

＊『黙契』は大野新の詩劇や詩人論等も収録した私家版のエッセイ集でガリ版刷り、二ヵ所のステープラ留めにより製本されている。「あとがき」の末尾に「一九五七・五・三十」の記載があり、昭和三十二年発行と推定される。内容は、「創作集」（二作品）、「詩人論集」（四作品）、「読後感集」（三作品）から構成されているが、「あとがき」に次の説明がある。

ほとんど病後二年間の作品である。機会あって書いたものが多く、他はためらってすてた。発表の意図なく書いたものは、自分にむかっての媚態があるようで、そんなやわらかな甘さがはずかしかったから。なかに小品「落書き」一篇だけは療養時代の陰花植物のようだった生活への不思議な愛着があってとりあげた。

なお、『黙契』制作の経緯については、後出の「『私』的な根拠」に記載がある。

「**声**」…『ト・ア』一二号、昭和四十七・三・一　八～九頁（「測地線」欄、同誌の発行所は大阪の東亜興産株式会社・広報部）。

＊前掲『沙漠の椅子』一五九～一六三頁に再録。なお初出誌の目次には、近影と共に紹介文「大野新氏」も掲載。以下に引いておきたい。

「勤めやら何かで毎晩十時すぎまでは書ける状態にならないので、昨日は午前三時に起き今日は三時まで起きることで何とか書きました」――勤めとは京都の印刷会社。関西で出される

同人誌、この人の世話で発行されることが多い。大野さん自身も詩誌を主宰。深更におよぶ
PR誌への〝原稿書き〟が体にさわったのではないかと心配です。

「**ある「旅」**」…『海鳴り』創刊号、昭和五十・十二・十　四〜五頁（特集「それぞれの旅」）。

＊前掲『沙漠の椅子』一六四〜一六六頁に再録。初出題「ある〈旅〉」。後出する「詩集『家』のなかにいる私のこと」にも一部が引用されている。

＊石原吉郎（一九一五〜一九七七）は敗戦後、旧ソ連の強制収容所から帰還した詩人。一時期滋賀県の詩誌『鬼』（大野新も属す）にも加わった。大野は石原から大きな影響を受け、多くの石原に関わる文を書いた。

＊以下、各文中の、大野と近しい、または滋賀県ゆかりの文学者に適宜ふれておきたい。

「**八月十五日前後**」…『湖国と文化』一二号、昭和五十五・七・一　四〜五頁。

＊特集「わが終戦―35年目の夏に―」への寄稿。

「**十一月遡行**」…『読売新聞（大阪本社版　夕刊）』昭和五十七・十一・四　九面。

＊『現代詩文庫81　大野新詩集』（思潮社、昭和五十九・七・一）一〇四〜一〇六頁に再録。

「**いまは　はじめよう**」…『現代詩手帖』二六巻二号、昭和五十八・二・一　九三頁。

「**合図――六月のうた**」…『京都新聞』昭和五十八・六・三　一一面。

＊前掲『現代詩文庫81　大野新詩集』一一八〜一一九頁に再録。

「**本気の凹面——八月のうた**」…『京都新聞』昭和五十八・八・三十　一三面。
＊初出題「本気の凹凸」。前掲『現代詩文庫　大野新詩集』一二二〜一二四頁に再録。
「**サム・サンデーイブニング**」…『京都新聞（夕刊）』昭和六十・七・十一　二面（「現代のことば」欄、以下†で同欄への掲載を示す）。

「**いじめられっ子**」…『京都新聞（夕刊）』昭和六十・十二・十三　二面†。

「**涙というやつ**」…『京都新聞（夕刊）』昭和六十一・四・二　二面†。
＊天野忠（一九〇九〜一九九三）は京都在住の詩人で、大野新がもっとも親しんだ先輩詩人である。天野について大野は石原吉郎と並んで多くの文章を書き、一冊の天野の全詩集も編んだ。
＊武田豊（一九〇九〜一九八八）は長浜市で古書店を営みながら詩誌『鬼』を主宰した詩人。大野は同誌や近江詩人会でも武田と親しんだ。
「**詩人**」…『京都新聞（夕刊）』昭和六十一・九・八　二面†。

「**結婚**」…『京都新聞（夕刊）』昭和六十三・二・五　二面†。
＊掲載時、引用された黒田三郎の詩「突然僕にはわかったのだ」の典拠は不明であるが、第四連第一行「罌粟」の表記が『現代詩文庫　6　黒田三郎』（思潮社、昭和四十二・一・一）では、「けしに吹くかすかな風や」とひらがな表記になっている。
「**結婚（続）**」…『京都新聞（夕刊）』昭和六十三・三・二十四　二面†。

「ふるさと意識」…『中日新聞（滋賀版）』昭和六十三・三・二十八　一五面（「湖国随想」欄、以下‡で同欄への掲載を示す）。

「ある結婚式で」…『中日新聞（滋賀版）』平成二・五・二十一　一五面‡。

＊引用されている詩「うさぎの目」の作者は、近江詩人会会員であった河昌子。『近江詩人会四十年』（編集工房ノア、平成二・七・十）一〇五頁に収録。

「四十三年後の来日同級生」…『京都新聞（夕刊）』昭和六十三・五・二十七　二面†。

「いい本」…『中日新聞（滋賀版）』平成一・六・五　一三面‡。

＊現在の守山市立図書館は改築されて、平成三十年十一月一日にリニューアルオープンしている。

「人間の区別」…『滋賀民報』平成一・三・五　三面（「ずいそう」欄、以下同）。

「猫の便」…『滋賀民報』平成一・十・一　三面。

「猫の仁義」…『中日新聞（滋賀版）』平成二・二・二十六　一七面‡。

＊第六段落の「キョンキョン」は、当時の人気アイドル歌手だった小泉今日子のこと。

「生きもののふしぎ」…『京都新聞（夕刊）』平成六・二・九　二面†。

「鴨鍋」…『中日新聞（滋賀版）』平成一・十二・四　一五面‡。

＊第一段落の「詩人であるその女将」は宇田良子（一九二八〜二〇一九）のこと。後出の「詩碑の世代」にも紹介がある。

＊第二段落の「年に一度、日本のどこかに集まって飲んだ」は「鴉の会」のこと。『鴉』一号（昭和四十一・二・五）は中村光行発行、大野新編集となっていて、他の寄稿者として、岡崎純・筧槇二・宗昇・中村隆・広部英一・南信雄・山本利男の名前がある。巻末の大野による「おぼえがき」の一部を引いておきたい。

　地方で頑固に自分の詩を書きつづけている人、こういう人たちには何ともいえぬよさがある。会って飲むだけでは惜しいということと、お互いの紹介がてら、詩稿を集めたのだが、私自身にも未知・未見の人たちの作品のみずみずしさに一驚した。現代詩の代表的な担い手と目されている人たちにはないものである。疲れていないのである。

「**詩と書**」…『中日新聞（滋賀版）』平成三・四・一　一八面‡。

「**一過性脳虚血発作**」…『中日新聞（滋賀版）』平成三・五・二十　一八面‡。

「**恥あれこれ**」…『中日新聞（滋賀版）』平成三・十二・十　一二面。

「**腹中服従せず**」…『中日新聞（滋賀版）』平成四・二・十　一四面‡。

＊最終段落の「狭き門」は、初出時「狭木門」（傍点は編者）となっていたが、同年三月発行の近江詩人会の通信文での大野自身による手書き訂正後の表記に従った。

「**懐かしい顔　新しい風**」…『京都新聞』平成四・五・一　一四面。

＊「団欒　だんらんだむ」での特集企画「丸太町—御池」への寄稿。

「シンマイ大学講師」…『中日新聞（滋賀版）』平成五・四・三十　八面‡。

＊第二段落「B大学」は佛教大学のこと。

＊第五段落の「井上式〝私語研究序説〟」は井上俊夫『従軍慰安婦だったあなたへ』（かもがわ出版、平成五・八・十五）に「井上式『私語研究序説』」として収録されている。井上は「あとがき」で本詩は「もとよりレトリックがなせる業である。ほんとの私は、女の子を叱りとばすことなどとてもできない、フェミニストなのだ。しかし私が学生の私語に長年悩まされてきたことは紛れもない事実だ」と記している。

「直震・余震」…『中日新聞（滋賀版）』平成七・四・十　一一面‡。

＊ここでの「大震災」は平成七年一月十七日に発生した阪神・淡路大震災のこと。

＊小磯良平佳作賞を受賞した友人は、洋画家の白山扶士子。油彩画「楽園」が第二回小磯良平大賞展佳作となっている。一時期、近江詩人会会員でもあった。

「凶器としての本」…『京都新聞（夕刊）』平成七・三・二十三　二面†。

「言葉の入江」…『京都新聞（夕刊）』平成六・十・二十六　二面†。

＊引用されている詩は大野の「泳ぐ目」で、『大野新全詩集』（砂子屋書房、平成二十三・六・二十）の詩集未収録作品（四三七～四三八頁）に収録。

「しあわせの他愛なさ」…『中日新聞（滋賀版）』平成六・十二・十九　一二面‡。

「**涙**」…『京都新聞（夕刊）』平成七・十一・二十一　二面†。

Ⅱ　名所旧跡行

「**草津のさくら**」…『毎日新聞（滋賀版）』昭和三十五・四・十　一二面（「美術の旅（64）」）。
＊初出題「草津の桜」。毎日新聞大津支局編『美術の旅・琵琶湖百選』（緑風社、昭和三十五・七・二十）八六頁に再録。
「**しじみ飯――十一月のうた**」…『京都新聞』昭和五十八・十一・二十七　一五面。
＊前掲『現代詩文庫81　大野新詩集』一二八〜一三〇頁に再録。
「**京滋　詩のプリズム**」より…『京都新聞』連載
「**幻住庵跡**」昭和六十三・八・十一　一〇面（「京滋詩のプリズム」①）。
「**三井寺**」昭和六十三・八・十八　一〇面（同②）。
「**三上山**（**近江富士**）」昭和六十三・八・二十五　一二面（同③）。
「**安土城址**」昭和六十三・九・一　一三面（同④）。
「**紫香楽宮跡**」昭和六十三・九・十五　一五面（同⑤）。

「**石山寺**」昭和六十三・九・二十二　一五面（同⑥）。

＊第一段落の「火災後なお残った宮殿は、大戸川から瀬田川を運ばれ、石山寺の建立に使用されている」ことに関して、大野は大戸川から瀬田川への建築資材の直接移送ルートを想定しているが、MIHO MUSEUM発行『夏期特別展Ⅱ　紫香楽宮跡と甲賀の神仏』（令和一・七・二十七　八五頁）では、琵琶湖経由ルートが採られたことが記されているので、以下に引いておく。

石山寺の規模を大きくしての造営に際しては、紫香楽宮に残されていた貴族の板屋を解体して再利用します。信楽から陸送し、野洲川《やすがわ》や杣川《そまがわ》にある三雲津や矢川津から夜須潮《やすのみなと》（野洲港）まで筏にして流し、夜須潮で組み直して石山寺まで琵琶湖や瀬田川の水運を用いて運び込みます。

「**永源寺**」昭和六十三・十一・二十四　八面（同⑭）。

「**坂本（石の唄）**」昭和六十三・十二・一　一五面（同⑮）。

＊昭和六十三年連載「京滋詩のプリズム」には「醍醐寺」（九・二十九）、「東寺」（十・六）、「宇治川」（十・十三）、「桂離宮」（十・二十七）、「浄瑠璃寺」（十一・三）、「鞍馬寺」（十一・十）、「神護寺」（十一・十七）、「寂光院」（十二・八）、「曼殊院」（十二・十五）、「広隆寺の弥勒菩薩」（十二・二十二）、「花の寺」（十二・二十九）と、京都ゆかりの文章も掲載された。

「**外村繁邸寸見**」…『京都新聞（夕刊）』平成七・十・四　二面†。

＊外村繁（一九〇二〜一九六一）は現在の東近江市五個荘金堂町に生まれた小説家。

「**石塔寺を訪ねる**」…『中日新聞（滋賀版）』昭和六十三・六・二十七　一一面‡。

「**西教寺客殿**」…『毎日新聞（滋賀版）』昭和三十五・五・十　一二面（「美術の旅（81）」）。

Ⅲ　文学をめぐって

「**受賞のことば**」…『詩学』三三巻四号、昭和五十三・三・二十八　六頁（昭和五十三年度Ｈ氏賞受賞特集）。

＊Ｈ氏賞は詩壇の芥川賞とも呼ばれ、優れた現代詩の詩人の詩集を広く社会に推奨することを目的とした新人賞である。基金拠出者で、プロレタリア詩人でもあった平澤貞二郎が、当初は匿名を強く希望したため、平澤の頭文字のＨを冠した名称となった。

「**詩集「家」のなかにいる私のこと**」…『京都新聞』昭和五十三・二・二十六　一三面。

＊掲載紙面中央に大野新の顔写真が配され、掉尾に「（詩人・第28回Ｈ氏賞受賞）」と記述。本稿は昭和五十三年二月十七日の選考委員会での『家』Ｈ氏賞受賞の決定を受け、依頼された。

「**湖友録**」より…『朝日新聞（滋賀版）』連載

「**死から詩へ**」昭和六十・七・十　二〇面（見出し「貧と無頼…無限の表現欲」）。

「最初の仲間」昭和六十・七・十一　一八面（見出し「運命導かれた先達まで」）。
＊井上多喜三郎（一九〇二〜一九六六）は安土在住の詩人。発足当初から近江詩人会の中心的立場にあった。大野の就職・結婚の世話もしたが事故死している。なお初版の『浦塩詩集』はＡ５判で、豆本は再刊された版（風流豆本の会、昭和三十二・二）である。
「詩碑の世代」昭和六十・七・十二　二〇面（見出し「民芸品愛した庶民詩人」）。

「渦だまり」昭和六十・七・十三　二〇面（見出し「名のむなしさと裸の魂」）。
＊野田理一（一九〇七〜一九八七）は日野町に住んだ「荒地」派のモダニスム詩人。彼については大野新「孤高の詩人・野田理一」（『湖国と文化』昭和六十三・四）がより詳しい。ちなみに文中の「高名な詩人」とは小野十三郎。
＊玉崎弘（一九二五〜二〇〇三）は田井中弘《たいなかひろむ》の筆名がある詩人・林業家。「この欄」は『朝日新聞（滋賀版）』の「湖友録」であろう。
＊藤野一雄（一九二二〜二〇一一）に関して、本文では「詩集をだしていないのが不思議」とあるが、その後、昭和六十三年に詩集『立春小吉』（文童社）を刊行した。
＊紙幅の都合もあり「湖友録」全五回から「後輩たち」（昭和六十・七・十四　二〇面〔見出し「仏師・女流や干拓湖農家」〕）は割愛した。近江詩人会について大野は「湖国の詩脈・続戦後編」（全四回『湖国と文化』昭和六十二・十〜六十三・七）や共著『先生のいない学校――近江詩人会の思い出』（近江詩

人会、平成七・五）にもまとまった文章を書いている。

「**短詩型離脱者のノオト**」…『塔』一八巻七号、昭和四十六・七・十五　一二～一四頁（特集「他のジャンルから見た短歌」）。

＊前掲『沙漠の椅子』一七五～一七九頁に再録。初出では短歌「なよなよと女のごとくわれありき油断させてひとをあざむきにけり」「君をわらふ友らの前によりゆきてしどろもどろにわれも笑ひ居き」「ひざまづきわがくちづけむ君が足甲高くして小さかりけり」を「中島栄一が身に泌みた」の前に引用していた。

「**歌**」…『京都新聞（夕刊）』昭和五十六・三・十二　二面†。

＊歌人・河《かわ》野《の》裕《ゆう》子《こ》（一九四六～二〇一〇）は熊本県の生まれ。五歳から二十年のあいだ滋賀県湖南市で暮らしたこともあって、大野新とは懇意であった。

「**老いらくの恋**」…『短歌』三六巻一二号、平成一・十一・一　一〇八頁「特集・万葉集　―その愛と死の歌」。

＊「その材で了承を得て詩を書いてもいる」というのは、詩「雷雨のあと」（『大野新全詩集』二二五～二二六頁）のこと。作品末尾に「＊川田順夫人＝歌人鈴鹿俊子さん。かつて「老いらくの恋」として騒がれた」と注記されている。

「**俳諧と現代詩**」…『中日新聞（滋賀版）』平成四・四・十三　一四面‡。

「**江州音頭考**」…『京都新聞』昭和六十一・八・七　一一面。
＊特集欄「江州音頭 フェスティバル 京都大会」への寄稿。
「**老年——十二月のうた**」…『京都新聞』昭和五十八・十二・二十九　八面。
＊前掲『現代詩文庫81　大野新詩集』一三〇～一三二頁に再録。
「**郷土の詩**」…『京都新聞(夕刊)』昭和六十一・二・六　二面†。
＊「郷土の名詩」は、小海永二編『郷土の名詩〈西日本篇〉鑑賞のためのアンソロジー』(大和書房、昭和六十一・九・五)のこと。「近畿Ⅰ」は「大野新＋小海永二」選で、大野は「概観・近畿Ⅰ(滋賀・京都・奈良・三重)」を寄稿し、詩「雷雨のあと」が収録されている。
＊初出で引用されていた依田義賢の詩「思い出」は『郷土の名詩〈西日本篇〉鑑賞のためのアンソロジー』掲載詩と異動があるため、本文は後者に従った。
「「**私**」**的な根拠**」…『詩学』四一巻一〇号、昭和六十一・九・三十　四四～四五頁(「批評のポジション」欄)。

「**虚の顔**」…『鴉』二号、昭和四十二・一・二十八　三〇～三一頁。
＊前掲『沙漠の椅子』四六～四八頁に再録。
「**魂のひと　か烈な思想家　石原吉郎氏を悼む**」…『信濃毎日新聞』昭和五十二・十一・十八　一一面。

「**全部で一行といえる詩**」…『現代詩読本　現代詩の展望』思潮社、昭和六十一・十一・二十　二一四

〜二一五頁。

「石原吉郎のこと」…『京都新聞（夕刊）』昭和六十二・十・二十三、二面†。

「最若輩と最年長」…『詩学』二八巻一一号、昭和四十八・十二・三十　三一〜三三頁。
＊前掲『沙漠の椅子』一八八〜一九三頁に再録。
「天野隆一さんと添ってきた閲歴」…『RAVINE』一〇三号、平成四・九・一　六四〜六五頁。
＊天野隆一（一九〇五〜一九九九）は兵庫県出身、京都在住の日本画家・詩人。戦前、詩誌『青樹』を主宰したことでも知られる。
「最後の注文」…『京都新聞（夕刊）』昭和五十三・八・十五　二面†。
＊「K」は北川縫子（一九二四〜一九七八）を指す。北川は京都生まれ、結婚して昭和二十二年から草津市に住んだ。『冬華』は昭和五十三年八月、近江詩人会刊。
「地の人」…『RAVINE』六一号、昭和五十三・十二・一　三八〜三九頁（「追悼　山前実治さん」）。
＊山前実治《やまさきさねはる》（一九〇八〜一九七八）は詩人で、大野新の勤務先であった京都の双林プリント（御幸町、のち文童社）社長。前掲「懐かしい顔　新しい風」ほかに登場済である。
「白色矮星」…『京都新聞（夕刊）』昭和六十・九・三　二面†。
＊水沼靖夫（一九四一〜一九八五）は栃木県生まれ。昭和四十年から東レに勤務し、大野の住む守山市には昭和四十九年に転住。肺癌による四十三歳での急逝が惜しまれる。以下に、昭和六十年「9

月の詩人学校ご案内」掲載「水沼靖夫氏の絶筆」を転載しておく。

大野様

いろいろ御心配下さりありがとうございました。病気はやはり自分の思う通りにはならないもので、X線照射を予定通り終っても、少しも軽快にならない状態が現在です。この間に肺炎が進み胸膜間に水がとてもたまってしまったようです。体調としては、非常に悪いのですが、医者を信頼することでがんばるしかないようです。そんなわけで、後の検査等を考えると、九月一杯で退院できたらよしとしなければならないようです。しばらくは（後1～2ヶ月）闘病生活でしょう。

元気で、お会い出来る日を、作品を書ける日を楽しみにしているのですが。思えば、大野さんの闘病生活も長かったのですね。では、また。

とりあえず連絡まで。　8／9

「**師弟**」…『滋賀民報』平成一・二・五　三面。
「**師弟**」…『京都新聞（夕刊）』平成五・十二・二十　二面†。
「**真贋のかなた**」…『京都新聞（夕刊）』平成六・三・三十　二面†。
「**愚兄賢弟**」…『京都新聞（夕刊）』平成六・十二・十三　二面†。
＊『現代詩文庫148　続・清水哲男詩集』（思潮社、平成九・六・一）一四三～一四四頁に再録。

「生きる選択」…『京都新聞（夕刊）』昭和六十一・七・十九　二面†。

＊金《キム》時鐘《シジョン》（一九二九〜）は現在の北朝鮮元山に生まれた「在日」の詩人。

「民族意識のなかの日本語」…『群像』四五巻七号、平成二・七・一　一九六〜一九八頁。

＊特集「日本語へ！」への寄稿。

「京ことば」…『京都新聞（夕刊）』昭和六十一・六・三　二面†。

＊冒頭の『銀花』に掲載された方言による手紙形式の詩「歳月」は、『大野新全詩集』（砂子屋書房、平成二十三・六・二十）の詩集未収録作品（三九六頁）に収録。

＊最終段落の「えずくろしく」「あんなえずくろしいもん」は、初出時には「えぞくろしく」「あんなえぞくろしいもん」（傍点は編者）となっていたが、掲載年七月発行の近江詩人会の通信文での大野自身による手書き訂正後の表記に従った。

「「田舎」の詩人」…『京都新聞（夕刊）』昭和五十五・一・四　二面†。

「湖と詩人」…『中日新聞（滋賀版）』平成二・十二・十　一三面‡。

「湖北の詩人」…『中日新聞（滋賀版）』平成三・一・二十一　一五面‡。

「肺病作家の残党」…『京都新聞（夕刊）』昭和六十二・四・九　二面†。

＊第二段落の杉本春生による詩集の解説は、前掲『現代詩文庫81　大野新』所収の「隧道の思想・家系の断崖」のこと。

＊第三段落に掲出の「シューブ」はドイツ語のSchubに基づく医学用語で、安定していた症状が急速に悪化することを指す。この場合は右肺尖部に結核菌の病巣があり一時的に安定していたものが、健康な右肺にも一時に広がってしまった状態を意味している。

「**よその家**」…『京都新聞（夕刊）』昭和六十二・七・十七　二面†。

「**人間にであう喜び**」…『京都新聞（夕刊）』昭和五十四・一・三十一　二面†。

「**表現者**」…『京都新聞（夕刊）』昭和五十五・七・二十九　二面†。

＊河野仁昭《ひとあき》（一九二九〜二〇一二）は愛媛県に生まれ、京都に在住した詩人・随筆家。大野や清水哲男ほかと詩誌『ノッポとチビ』を京都から発行した。

「**H氏賞のこと**」…『滋賀民報』平成一・四・二　三面。

＊藤本直規（一九五二〜）は医師・詩人。岡山県生まれ、滋賀県に在住。

＊本文中には選者は「二年ごとに更新される」とあるが、現在は、日本現代詩人会会員より毎年選出される方式に変更されている。

「**選者の選択**」…『京都新聞（夕刊）』平成八・六・八　二面†。

「**老域**」…『中日新聞（滋賀版）』平成三・八・十二　一四面‡。

＊初出時には、第三段落の「華奢《きゃしゃ》な夫人」は「華奢《きゃしゃ》な婦人」、最終段落の「神経内科での投薬を受けだして」は「神経内科での投薬を受け出して」（傍点は編者）となっていたが、同年八月発行の近

江詩人会の通信文での大野による手書き訂正後の表記に従った。

「**詩の気ままな読みかた**」…『京都新聞（夕刊）』平成四・九・十八　二面†。

「**海の魚**」…『京都新聞（夕刊）』平成四・十一・六　二面†。

「**詩的人間**」…『詩学』四八巻三号、平成五・三・一　二二一〜二二三頁。

＊小特集「ライフワークとしての詩作」への寄稿。

「**日常の中の別れ**」…『アリゼ』六四号、平成十・四・三十　二六〜二七頁。

＊初出で引用されていた嵯峨信之の詩「骨」はその後改稿されているため、本文は『嵯峨信之全詩集』（思潮社、平成二十四・四・十八　一一〇頁）に従った。

「**詩の立会人**」…『京都新聞』平成十一・一・十二　一三面。

＊第一段落の「二つの大学」は佛教大学と成安造形大学のこと。

（外村　彰・苗村　吉昭）

〈著者〉

大野《おおの》　新《しん》

一九二八年、現・韓国全羅北道群山市生。詩人。終戦後、滋賀県守山に移住。旧制高知高校を経て京都大学法学部入学後、結核に罹患し五年間信楽で療養生活を送る。近江詩人会に加わり、印刷業の傍ら詩作。「鬼」「ノッポとチビ」ほか同人。詩集に『大野新詩集』（永井出版企画、一九七二）、『家』（同、一九七七、H氏賞）、『大野新全詩集』（砂子屋書房、二〇一一）等。二〇一〇年歿。

〈編者〉

外村《とのむら》　彰《あきら》

一九六四年、滋賀県生。現・呉工業高等専門学校教授。著書に『近江の詩人　井上多喜三郎』（サンライズ出版、二〇〇二）、『犀星文学　いのちの呼応—庭といきもの—』鼎書房、二〇一二）、苗村吉昭との共編『大野新全詩集』（以倉紘平監修　砂子屋書房、二〇一一）等。

苗村《なむら》　吉昭《よしあき》

一九六七年、滋賀県生。詩人。著書に詩集『バース』（編集工房ノア、二〇〇二、小野十三郎賞）、エッセイ集『文学の扉・詩の扉』（澪標、二〇〇九）、外村彰との共編『大野新全詩集』（以倉紘平監修　砂子屋書房、二〇一一）等。

詩の立会人　大野新 随筆選集

発行日　2020年４月４日

著　者　大野　新

編　者　外村　彰・苗村吉昭

発行者　岩根順子

発行所　サンライズ出版株式会社

〒522-0004 滋賀県彦根市鳥居本町655-1
TEL.0749-22-0627　FAX.0749-23-7720

© Ohno Kyoko 2020　無断複写・複製を禁じます。
ISBN978-4-88325-681-5 C0095　Printed in Japan
定価はカバーに表示しています。
乱丁・落丁本はお取り替えいたします。